稀見筆記叢刊

# 廣新聞
# 閩見异辭

[清]無悶居士 編
[清]許秋垞 撰

張振國 點校

文物出版社

圖書在版編目（CIP）數據

廣新聞／（清）無悶居士編；張振國點校．聞見异辭／（清）許秋垞撰；張振國點校．--北京：文物出版社，2025.7．--（稀見筆記叢刊）．--ISBN 978－7－5010－8795－2

Ⅰ．I242.1

中國國家版本館 CIP 數據核字第 2025MC4643 號

廣新聞　聞見异辭

點 校 者：張振國
責任編輯：劉永海　張君秀
封面設計：程星濤
責任印製：張　麗
出版發行：文物出版社
社址：北京市東城區東直門内北小街 2 號樓　郵編：100007
網站：http：//www.wenwu.com
郵箱：wenwu1957@126.com
印　　刷：寶蕾元仁浩（天津）印刷有限公司
經　　銷：新華書店
開　　本：880mm×1230mm　1/32
印　　張：9.875
版　　次：2025 年 7 月第 1 版
　　　　　2025 年 7 月第 1 次印刷
書　　號：ISBN 978－7－5010－8795－2
定　　價：50.00 圓

# 出版前言

無悶居士的《廣新聞》是清乾隆年間産生的一部筆記小説集。内容所記多吴地异聞，題材上以狐鬼怪异爲主，間雜案獄故事、趣聞軼事等，叙事簡潔，生動有趣，雖多數篇幅不長，但具有較高的文學價值。故事發生時間以雍正、乾隆兩朝最多，不少故事得自友朋轉述。全書共八卷，目録共收文言短篇小説一百七十一篇，書中卷六《解元前定》篇後有《香灰觀音》一條爲目録未收，故實收一百七十二篇。

《廣新聞》今存最早有乾隆壬子（乾隆五十七年，一七九二）雨樓亭刻本，作者署『無悶居士』。前有乾隆壬子秋七月拈花侍者手寫體《序》，後鈐有『拈花侍者』印章『沈秋禾印』『星艖』。又有吴縣李福子仙、吴縣顧蒓南雅、長洲吴嘉泰春齋、平江徐葵澹如、長洲顧寅朗山、元和李鋭四香、新陽王聲雷豫庵、吴江薄鳳翼古硯諸人題詞。雨樓亭藏板一、三、五、七卷卷首集中列下兩卷目録。每卷均署『無悶居士編』，而校訂者不同，如卷一署『劚雲山人校』，卷二署『子仙校』，卷三署『四香校』，卷四署『友梅校』，卷五署

『南雅校』，卷六署『品蓮校』，卷七署『灌花村傭校』，卷八署『金粟道人校』。其中子仙爲李福，四香爲李鋭，南雅爲顧蒓，其餘校訂者身份待考。書中記事最晚爲乾隆五十七年（壬子，一七九二），如《王元陽》（卷八）篇末云：『此乾隆五十七年六月事。』又據卷首壬子秋七月拈花侍者《序》，我們可知該書乾隆壬子年創作完成并付刻。嘉慶十三年《旌德縣志》卷之十《雜記》中引《廣新聞》卷七《死冤家》故事一則，并云見於《廣新聞》[一]，可見《廣新聞》嘉慶前確有刻本傳世。

雨樱亭本後，又有藻思堂藏板本，將書名改爲《續消夏録》，刊刻時間不詳，當在清代中後期。今中國國家圖書館藏清吴長元編《宸垣識略》十六卷，爲咸豐二年藻思堂刻本。因此，我們推測《續消夏録》刊刻時間應該距此時不遠。《續消夏録》全書二册八卷，署『無悶居士』撰，卷首題『河間紀氏注』『灤陽消夏續録』，中縫有『續消夏録』字樣，正文行款與雨樱亭本一致。前有乾隆壬子秋七月拈花侍者手寫體《序》，并鈐『沈秋禾印』『星艖』兩枚印章，删去其他人題詞。所收篇目與原本無异，唯將全書目録集

[一]〔清〕陳炳德：《旌德縣志》卷十，嘉慶十三年刻本。

中編排放在正文之前，與雨樓亭本每兩卷一編目不同。此外，《廣新聞》還有清末民初上海古香閣石印袖珍本，四册八卷，内容與原本無异，唯將原刻本手寫體拈花侍者《序》及諸人題詞改爲宋體，拈花侍者序後無鈐印。

至於《廣新聞》的作者無悶居士，中國國家圖書館、南京圖書館、遼寧省圖書館、鄭州大學圖書館書目皆注爲陸鼎翰。《中國古代小説總目》（文言卷）認爲《廣新聞》的編者無悶居士是孫洙[一]。陸鼎翰，字彦和，號無悶居士、雅浦居士，陽湖人，同治廪、貢生，候選教諭。光緒十八年（一八九二）纂修《下浦陸氏本支譜》《增續毗陵科第考》，可見其時尚在世。陸鼎翰生活在晚清，其父陸黼恩生於一八〇三年，卒於一八七四年[二]。《廣新聞》成書的乾隆五十七年（壬子，一七九二）陸鼎翰的父親尚没有出生，自然陸鼎翰更不可能是撰寫《廣新聞》的那個無悶居士。孫洙（一七一一～一七七八），字臨西，號蘅塘退士、無悶居士、忍辱仙人等，江蘇金匱人。乾隆十一年（一七四六）授

[一] 石昌渝：《中國古代小説總目》（文言卷），山西教育出版社，二〇〇四年，第一一四頁。

[二] 江慶柏：《清代人物生卒年表》，人民文學出版社，二〇〇五年，第四二八頁。

江蘇上元縣教諭。乾隆十六年（一七五一）中進士。著有文言小説集《排悶録》等。孫洙卒於乾隆四十三年（一七七八），乾隆五十七年（一七九二）《廣新聞》成書時他已經去世，故也不可能是《廣新聞》的作者。

其實，我們可以從《廣新聞》中找到一些『無悶居士』的身份綫索：《廣新聞》卷三《罔兩》篇提到『吾郡張補梧前輩』。此處的張補梧即張邦弼，字清臣，號補梧，江蘇長洲人，乾隆四十五年（一七八〇）舉人，撰有《補梧詩鈔》等。既然作者『無悶居士』自稱與張邦弼同郡，而清長洲縣屬蘇州府[二]，故『無悶居士』亦應爲蘇州府人。《廣新聞》卷四《龍旋沚》開篇也提到『郡城報恩寺在卧龍街北』。據道光《蘇州府志》卷四十《僧寺》載汪琬《重修報恩寺記》云：『報恩寺在府治卧龍街之北，俗但謂之北寺。』[三]可見作者所云郡城即蘇州，亦可證作者爲蘇州府人。另外《廣新聞》卷五《异乞》提到『康熙間，同郡蔣樹南懸壺於婁門外』；卷六《楊素井》提到『蘇城盤門外新郭鎮，相傳爲

---

[二] 清代蘇州府下轄吴縣、長洲、元和、昆山、新陽、常熟、昭文、吴江、震澤共九縣，另加太湖一散廳。

[三] [清]宋如林：《蘇州府志》卷四十，道光四年刻本。

闔閭酒城也』；《馬昇》提到『乾隆丙午夏，蘇城葑門内見老馬一匹』；《火識》提到『蘇城閶門專諸里』。婁門、盤門、葑門、閶門均爲蘇州城門名，均可爲『無悶居士』是蘇州人之佐證。而前面提到的孫洙爲金匱人，陸鼎翰爲陽湖人，金匱、陽湖清代皆屬於常州府，故二人均非蘇州府人，這一點也與《廣新聞》作者『無悶居士』籍貫不符。

那麽，該書作者到底是誰呢？筆者曾一度認爲《廣新聞》的作者『無悶居士』應該是清代校勘學家元和顧千里。顧廣圻（一七六六～一八三五），字千里，號澗薲，亦作澗蘋，又號鑒平、思適居士、無悶子、一雲散人、陳黄門侍郎三十五代孫等，以字行，蘇州府元和縣人。清乾嘉間諸生，著名校勘學家、藏書家、目録學家。關於其生平情况，汪宗衍、趙詒琛、李慶等先生均撰有年譜，考證詳明。關於『無悶子』這一別號，《吹綱録》云：『《遯翁苦口》一書，節録《朱子語類》，録者爲無悶子，不著姓字。程稟初語余，無悶子即其師顧澗蘋先生。』〔二〕顧千里手校明刻本《唐文粹》一百卷卷末亦署

〔二〕［清］葉廷琯：《吹綱録》，遼寧教育出版社，一九九八年，第一〇七頁。

『道光乙酉中秋日無悶子記』〔二〕。顧千里別號『無悶子』與『無悶居士』相近，這是筆者認爲顧千里就是《廣新聞》作者的原因之一。

據學者卿朝暉先生考證：吴江薄鳳翼古硯《廣新聞·題詞》中提到的『知是君家通敏悟，《天台賦》紀赤城霞』之語，用的是晋孫綽《天台山賦》中『赤城霞起而建標，瀑布飛流而界道』的典故，聯繫『君家』二字，『無悶居士』當姓孫。又『廣新聞』一詞，用孫處玄『常恨天下無書以廣新聞』之典，也是因爲孫處玄與作者同姓，故李福請以爲書名。實事求是地説，以上信息是筆者在考證《廣新聞》作者時所忽略掉的，因此『無悶居士』姓孫的論斷是合理的。卿朝暉進一步指出《廣新聞》的作者很有可能是當時吴縣名士孫延。孫延，字壽之，號蔚堂。家有古梅九枝，故又號九梅居士。諸生。工寫生，能詩善畫。子義鈞，字子和，亦善詩，有《好深湛思室詩存》二十二卷存世。

拈花侍者《廣新聞·序》稱：『無悶居士，家本齊雲，誼嘗立雪。夙具粲花之舌，每爲碣石之譚。木魅山精，得未曾有，續鳧斷鶴，姑妄言之。今乃出其新編，丐余弁

〔二〕王欣夫：《顧千里集》，中華書局，二〇〇八年，第三七八頁。

首。』據『誼嘗立雪』可知拈花侍者與無悶居士應是同窗好友，此處用到了『程門立雪』的典故。卿朝暉認爲『家本齊雲』指的是孫延祖籍徽州休寧，而休寧的齊雲山是道教名山，故此處是以齊雲山指代休寧。

另由《廣新聞》題詞和校訂者以及書中文字我們可以知道，作者無悶居士與李福、顧蒓、吴嘉泰、徐葵、顧寅、李鋭、王聲雷、薄鳳翼、夏文燾、許香浦等均有交往且關係密切，而這些人又恰恰都是孫延的同窗或好友。無悶居士當時正在蘇州紫陽書院求學，時主講書院者爲著名學者錢大昕。據錢慶曾《竹汀居士年譜》知乾隆五十七年（壬子，一七九二）錢大昕六十五歲，主講紫陽書院。

李福《廣新聞·題詞》云：

> 壬子夏，無悶居士輯其往常所聞爲一編示余，鬼怪居其半，次及仙狐，下至街談里諺，莫非可驚可愕者。昔孫可立常恨天下無書以廣新聞，余因請以『廣新聞』名其編。

由李福題詞我們可知無悶居士在乾隆五十七年（壬子，一七九二）夏完成全書的編撰，并且交給李福觀覽，後接受李福建議將書名之曰『廣新聞』。另《廣新聞》卷一《裴仙人》篇後云：『此係李子仙爲余言者，渠尊人猶及見之。』故事的講述者李子仙即李福，無悶居士與其過從甚密。李福（一七六九～一八二二），字備五，一字安浦，號子仙，又號蘭室，蘇州府吴縣人。嘉慶十五年舉人，官州同，曾主講昆山玉峰書院。著有《花嶼讀書堂詩鈔》《花嶼讀書堂詞》等。

李福《花嶼讀書堂詩鈔》中有與孫延等人交往的文字，如《詩鈔》卷一有《賃屋於孝友堂之東偏書呈孫蔚堂延》《十月望日集江雲墀顧希翰金湘江吴惕人孫蔚堂家四香於篤雅書屋分題得典裘》《同高頗愚顧南雅家四香孫蔚堂游天平山訪一峰上人》[一]，卷五有《孫蔚堂延挽辭》[二]，《詞鈔》卷二有《減字花木蘭・柬孫蔚堂》[三]。其中，顧希翰、顧南雅即顧蒓，四香即李鋭。李福《孫蔚堂延挽辭》中有『拓君鴻廡下，引我燕巢來。形影從今密，琴樽到處陪。華堂瞻母範，綉褓抱兒孩。（時令子義鈞甫生）』之句，提到了賃居於

[一]［清］李福：《花嶼讀書堂詩鈔》卷一，清道光二十六年吴縣李氏刻本。

[二]［清］李福：《花嶼讀書堂詩鈔》卷五，清道光二十六年吴縣李氏刻本。

[三]［清］李福：《花嶼讀書堂詞鈔》卷二，清道光二十六年吴縣李氏刻本。

孫家并朝夕過從的往事。另外，《挽辭》中還有『握算通弦股，窺璣指斗魁。文瀾搜地志，賦筆續天台』之語，似是將《廣新聞》中的怪异故事當作《山海經》之類的作品來看待，同時也提到了《天台賦》，應該不是無意暗合。《山海經》歷來被看作我國最早的地理志作品，也被認爲是『古今語怪之祖』，李劍國先生將《山海經》和《博物志》作爲『地理博物體』[一]志怪小說的最早代表。這也進一步印證了李福《廣新聞·題詞》中對《廣新聞》『鬼怪居其半，次及仙狐，下至街談里諺』的題材評價。因此，李福筆下的『搜地志』應該指的就是孫延編《廣新聞》一事。

《孫蔚堂延挽辭》中又提到『微言偏敏妙，雅趣善詼諧。齎志垂鵬翼，埋名惜蟄壞』之語，似乎也在暗示其曾經創作過小說，對傳統文人來說，小說乃不登大雅之堂的『小道』『微言』，這也許就是『無悶居士』不想讓更多人知道他的真實身份的原因吧。因此，《挽辭》中的『微言偏敏妙』極有可能也指的是其年輕時創作的文言小說《廣新聞》。

另外，李福《花嶼讀書堂詩鈔》卷一《虎阜紀游同徐澹如(葵)錢榕亭(思深)》《白雲

[一] 李劍國輯釋：《唐前志怪小說輯釋·例言》，上海古籍出版社，二〇一一年，第一頁。

泉僧舍觀雪舟上人放焰口同顧南雅（蒓）家四香（鋭）》《送夏季慈（文燾）應南宮試》《高禹臣（夔）吴東屏（嘉泰）游虞山余有約未赴書以自嘲》《同徐佩雲（葵）顧賓嵎（寅）王春濤（聲雷）吴藹人（信中）試惠山泉》《宿中九華僧舍聽雨同徐佩雲（葵）顧希翰（蒓）》《觀桂山房曉起有懷夏季慈（文燾）吴棣華（廷琛）陶鳧香（梁）》《石湖玩月同毛意香（懷）吴春生（嘉泰）作》等篇也提到與徐葵、顧蒓、夏文燾、吴嘉泰、顧寅、王聲雷、李鋭等人的交往。

顧蒓（一七六五～一八三二），字希翰，一字吴羹，號南雅，晚號息廬，蘇州吴縣人。曾就學於蘇州紫陽書院。嘉慶七年進士，選庶吉士，授編修，擢侍讀，雲南學政，遷侍講學士、通政司副使。其《思無邪室遺集》卷四《〈借秋亭詩草〉序》云：『余辛亥歲（乾隆五十六年，一七九一）肄業紫陽書院，時主講者爲嘉定錢先生。』[二]可見就在爲《廣新聞》題詞的前一年，顧蒓剛剛肄業於紫陽書院。《廣新聞》卷五《肥香生》文後曰：『高紹祖與戴友，述其事於余友顧南雅如此。』卷六《辨假印》後亦云『顧南雅言』，説明

---

〔二〕［清］顧蒓：《思無邪室遺集》卷首，道光十九年仁壽硯齋刻本。

不少故事也是從顧蒓處聽來。

顧蒓《廣新聞·題詞》云：

南苑多暑，北窗無風，却丹鉛，擯經史，每當飯後，時與夢游。得此傀儡形骸，何處非逍遥境界也。無悶居士借管城追凉，買研山結夏，剪裁香草奇花，驅役蛇神牛鬼，聊作消遣，用廣見聞。僕正無聊，强人説鬼，子如有興，過我談天可耳。

由顧蒓的題詞中『子如有興，過我談天可耳』之語，我們知道當時無悶居士與顧蒓也應該是居處相近的。顧蒓爲孫延之子孫義鈞的《好深湛思室詩存》所作序言中説：

同里孫生子和茂才，未弱冠從予游，今以應京兆試來謁，兼以詩贄……子和尊甫壽之明經，與予同出嘉定錢少詹之門。壽之居吴郡迆南東郭里，志稱爲小滄浪，有池榭林木之勝。嘉慶丁巳、戊午間，延予與李尚之明經課其弟若子，李子仙孝廉復賃居壽之東偏屋。時則江艮庭徵君、孫淵如觀察、洪稺存太史、黄蕘圃主政、高頗愚上舍、鈕匪石布衣、夏方米孝廉、陶鳧香太守、董琴涵侍禦恒朝夕過從，詩酒談讌，於斯爲盛〔一〕。

由此可見孫延與顧蒓、李鋭、李福、夏文燾、黄丕烈等人交往密切。李鋭和顧蒓在孫家教書，李福租屋孫家東偏房居住。所以顧蒓在爲《廣新聞》題詞時説『子若有興，過我談天可耳』就可以理解了。

李鋭（一七六八～一八一七），字尚之，號四香，元和人。乾隆五十六年辛亥（一七九一）冬，肆業於紫陽書院，從錢大昕受算學。其《觀妙居日記》稿本中國國家圖書館、美國哈佛大學燕京圖書館均有藏。上海圖書館藏嘉慶二十五年吴嘉泰鈔本，有吴嘉泰、陶賡、夏文燾跋語。其中就有與孫蔚堂交往的記載，并且多數爲《廣新聞》作序和校閲者均出現在日記中，這也是孫延可能是《廣新聞》作者的有力輔證。

據中國國家圖書館藏李鋭《觀妙居日記》稿本記載，嘉慶十年六月二十一日：『琢

〔一〕［清］孫義鈞：《好深湛思室詩存》卷首，清同治十二年孫氏刻本。

珊來寄家信一件，吳春齋、孫蔚堂信各一件，册頁一本。』七月初九日：『春生家晤方米，適壽階、澹如、小梧來，聚話半日而別。』初十日：『過四美堂晤蔚堂。』十五日：『夜同頗愚、方米、子仙步月至瑞光寺、府學、正誼書院、道山亭。』十九日：『中吳詩課集吳春生願學草廬同會陳仲漁、黄蕘圃主政……孫蔚堂、高頗愚……李子仙、夏方米。』八月初五日：『至春生家晤方米。』八月初八日：『又至春生家晤方米。』八月十三日：『晤孫蔚堂。』八月十四日：『晤春生、方米。』『同賓嵎、春生夜飯。』八月十九日：『子仙家晤頗愚、賓嵎、佇蘭、竹友、蔚堂、春生、琴南……晚同佇蘭、蔚堂食蟹。』十月初七日：『非石、春生招，同方米、蔚堂、顧千里……』嘉慶十一年丙寅《觀妙居日記》正月初一日：『蔚堂拉同至子仙、頗愚家，頗愚留飲，更餘歸。』初二日：『同蔚堂至元署……晚同沈星槎至四美壘夜飯。』初八日：『候戈小蓮、顧朗山俱未晤。拜徐澹如之靈。澹如於去年十二月十四日病故。』十一日：『晤蔚堂、星槎』。十二日：『沈星槎、顧蕙芳來未晤。』二月初一日：『星槎、孚亭、蔚堂來談。』由此也可見孫延與衆人交往之一斑。

至於前拈花侍者《序》中提到了『無悶居士』的里籍，即『家本齊雲』，卿朝暉先生認爲拈花侍者以休寧境内的道教名山齊雲山指代無悶居士的原籍休寧。依據是孫義鈞《好深湛思室詩存》卷一《呈族伯鞠堂》中有『同此離故鄉，將詡徑蕪久。雲海未甚遥，雷溪但回首』之語，後有小注云：『休寧草市村有家廟，鈞原籍也。』[一]可知孫義鈞的父親孫延原籍安徽休寧。但卿先生對拈花侍者的身份并不清楚，其實在《廣新聞》早期版本的拈花侍者《序》後鈐有兩枚印章，即『沈秋禾印』『星艖』。前文李鋭《觀妙居日記》中多次同時提到『沈星槎』與孫蔚堂，可見二人經常見面。那麽爲《廣新聞》作序的拈花侍者『沈秋禾』『星艖』應該就是『沈星槎』。但沈星槎的生平不詳，暫未見其他相關文獻記載。

王聲雷《廣新聞·題詞》云：

壬子初秋，余病瘧紫陽院齋，適無悶居士以《廣新聞》一編示余，其中事迹離奇，物情變幻，聞聞見見，匪夷所思，如入山陰道上，令人目不給賞，讀未竟而

[一]［清］孫義鈞：《好深湛思室詩存》卷一《呈族伯鞠堂》，清同治十二年孫氏刻本。

瘧愈，因歎此書之功不減『子章髑髏』之句也。

王聲雷，字雩門，又字春濤，號豫庵，蘇州府新陽縣人。嘉慶間貢生，嘗署『丹陽教諭、荆溪訓導』[二]。由王聲雷的題詞我們可知，乾隆五十七年（壬子，一八九二）王聲雷患瘧疾住在蘇州紫陽書院，這時無悶居士將《廣新聞》交給王聲雷觀覽，因故事離奇變幻引人入勝，所以王聲雷的瘧疾竟然很快好了，故王聲雷稱贊《廣新聞》之功用跟杜甫以『子章骷髏血模糊，手持擲還崔大夫』詩句醫治好別人的瘧疾一樣。由此我們知道作者『無悶居士』當時也在蘇州或者就在紫陽書院。

《廣新聞》卷六《夢對》提到『吴門夏味琴名文燾，其尊人容庵』，後又云：『其事味琴爲余言之。』《城隍顯應》篇云：『余友夏味琴偶覯怪症，談天説地，言笑自若，裸體便舞。值有李子仙等到，即指曰：「子想中狀元乎？不然，何其瘦也？」謂李四香曰：「如此大麻子，可殺！可殺！而猶欲帶眼鏡乎？」保於郡廟，取名之最吉者如李子仙

[二]［清］金吴瀾：《昆新兩縣續修合志》卷十九，光緒六年刻本。

福、江雲墀嘉福、徐琢珊福疇輩，而擇十人中年長者列首，蓋彭君希籛也……味琴因改號方米，擇日拔狀。』可見作者與夏文燾亦爲好友。夏文燾，字季慈，號味琴，後改名方米，蘇州吴縣人。乾隆五十五年入蘇州府學紫陽書院，通輿地之學，兼通曆算。乾隆五十七年壬子科舉人，署泰州學正，年八十而卒。光緒《蘇州府志》卷八三《人物》有傳。

《廣新聞》卷七《小頭怪》提到『予戚許香浦述其曾大父爲江蘇方伯時』；《奉齋神宜潔》提到『許香浦之弟筠穀之室身素羸弱』；《蛇冤》提到『閩中許恕，江蘇方伯松結之子，辛山西鳳臺時』，文末云：『其孫香浦爲余言之。』由此看來許香浦爲作者戚友。許鑒（？～一八二〇），號香浦，無涯道人，祖籍福建閩縣。李福《花嶼讀書堂詩鈔》卷八有《讀許香浦〈瀟湘行篋草〉題二首》《哭許香浦絶句三首》，隨後是《庚辰除夕》《辛巳元旦》兩首詩，由詩集按照時間編排的順序來看，許鑒卒年當在嘉慶二十五年（庚辰，一八二〇）。其曾祖許松佶（一六九三～一七六四），字青岩，福建閩縣人。乾隆二十年任江蘇布政使，二十二年解任。祖父許恕，『乾隆二十八年任鳳臺縣知縣』〔一〕。潘奕

〔一〕［清］林荔：《鳳臺縣志》卷四，乾隆四十九年刻本。

雋《三松堂集》卷十二有詩題爲《嘉慶四年三月三日，值曲水流觴之辰，……同集者范來宗、方燮、鈕樹玉、黄丕烈、瞿中溶、顧廣圻、夏文燾、孫延、許鑒暨主人朱成、袁廷檮、兆蕖與奕雋，期而未至者，李福也》[二]，孫延、許鑒均參加了此次上巳雅集，可見二人早有交往，至於是否爲親戚，則有待進一步考證。

另外，爲《廣新聞》題詞的其他人也與孫延有密切聯繫。吴嘉泰（一七六七～一八二〇年後），字東屏，號春生、春齋，長洲人。諸生。『與同郡顧蒓、李福、陶賡等友善，詩札往來，殆無虚日。尤精岐黄。少從錢宫詹大昕游。』[三]李鋭《觀妙居日記》鈔本有嘉慶二十五年歲次庚辰十二月既望吴嘉泰跋云：『四香少余一歲，自弱冠訂交，同受業錢宫詹師門下，厥後三十年，非遠游無數日不面。』由此可知吴嘉泰亦曾受業於錢大昕。徐葵（？～一八〇六），字佩雲，號澹如，蘇州人。李福《攟山紀游四首》小序云：『回憶壬子歲偕南雅、澹如信宿於山麓中九華，今南雅遠官滇南，而澹如於丙寅

[二]［清］潘奕雋：《三松堂集》卷十二，清嘉慶刻本。

[三]［清］李銘皖：《蘇州府志》卷八十九，光緒九年刻本。

歲下世，觸景感舊，愴然於懷。』〔一〕顧寅，字賓嵎、孟賓，號朗山，長洲人。嘉慶乙丑進士。『入詞館，改官刑部主事……入仕秋曹，嫻悉典律，平反讞獄頗多。繼即總辦秋審，積勞成疾，卒於任。』〔二〕薄鳳翼，號古硯，吴縣人，生平經歷不詳，當亦爲紫陽書院錢大昕門下弟子。《廣新聞》各卷的校訂者中除李福、李鋭和顧蒓外，其餘五人如劉雲山人、友梅、品蓮、灌花村傭和金粟道人尚無法確定，但我們可以根據無悶居士在蘇州的交游圈推測『金粟道人』應該是張燕昌。張燕昌（一七三八～一八一四），字芑堂，號文漁，又號金粟道人〔三〕、金粟逸人，浙江海寧人。乾隆四十二年優貢，嘉慶間舉孝廉方正。

从《廣新聞》中故事的發生地點來説，蘇州地域的故事最多，其次就是不少故事發生在徽州。如《食信不死》故事發生地爲徽州；《豈敢》《婢鬼》《汪翁》《孽海記》的主人公均爲『新安』（徽州古稱）人；《鬧楊花》《第二秀才》故事直接發生在『休寧』和『休寧西鄉』；

〔一〕〔清〕李福：《花嶼讀書堂詩鈔》卷六，道光二十六年吴縣李氏刻本。

〔二〕〔清〕顧振濤：《吴門表隱》，江蘇古籍出版社，一九九九年，第三〇二頁。

〔三〕〔清〕翁方綱：《復初齋集外詩》卷第十二《筆飲詩》并序，民國六年吴興劉氏嘉業堂刻本。

《在數難逃》提到『歲戊申，祁門大水』，祁門也是徽州屬縣。這也從一個側面説明作者與徽州有過交集。

通過以上考證我們可以推斷，『無悶居士』應該不是曾號『無悶子』的顧廣圻千里，更有可能是祖籍徽州休寧後移居蘇州的孫延。

綜合現有資料，我們對孫延的生平情况重新補充如下：孫延，字壽之，原名衡，字鑒之，號蔚堂，又號海月詞人、九梅居士等，江蘇吴縣人，原籍徽州休寧縣。關於孫延的生卒年，我們可以從李福在乙亥人日後所作的《孫蔚堂延挽辭》中得到一些綫索：其中提到『卅年交誼篤，一慟誄言哀。憶自盟心初，時當束髮纔。』就是説從束髮之年到乙亥年年初孫延去世二人相識已經三十年，古代男子十五歲左右束髮，到去世時經過三十年，大體可以推知孫延去世時約四十五歲。嘉慶乙亥年爲嘉慶二十年（一八一五年），則其生年當在乾隆三十五年（一七七〇年）前後。從『余方離孟里，君適赴燕台』之語來看，其壯年曾有到北方入幕的經歷；從『病魔纏腠理，生意絶根荄』可以知道其後來身體多病；從『修林悲斷木，中道駭眠桅』之語，也可以看出孫延確實是中年去世的。

本次《廣新聞》整理出版以乾隆五十七年刻本爲底本，參校以此後的其他版本。

《聞見异辭》，志怪雜事集，許秋垞撰。今見主要版本有光緒四年（一八七八）《申報館叢書》鉛印本，四卷。一九一二年上海進步書局《筆記小説大觀》石印本，二卷。各本前均有道光二十六年（一八四六）作者表内弟沈炳垣《序》和道光二十一年（一八四一）《自序》。四卷本共一百四十七篇，二卷本衹有七十九篇，二卷本實際上是截取《申報館叢書》本的前兩卷。《自序》雖作於道光二十一年，但書中記事延續到道光二十六年，故其成書時間應在道光二十六年。魯迅先生《中國小説史略》中説：『《灤陽消夏録》方脱稿，即爲書肆刊行，旋與《聊齋志异》峙立，《如是我聞》等繼之，行益廣。其影響所及，則使文人擬作，雖尚有《聊齋》遺風，而摹繪之筆頓減，終乃類於宋明人談异之書。如同時之臨川樂鈞《耳食録》十二卷（乾隆五十七年序）、《二録》八卷（五十九年序），後出之海昌許秋垞《聞見异辭》二卷（道光二十六年序）、武進湯用中《翼駉稗編》八卷（二十八年序）等，皆其類也。』〔二〕《筆記小説大觀》本《聞見异辭》前有『提要』

〔二〕魯迅：《中國小説史略》，人民文學出版社，一九七三年，第三六五頁。

云：『是書爲海昌許秋垞所撰，見見聞聞，奇奇怪怪，隨筆纂録，不落尋常蹊徑。所特异者，每篇皆綴七言絶一首，撮其大旨，包括無遺。神在個中，音餘弦外……是筆記小説中别開生面之作。』这些都肯定了作品的文學價值。

關於許秋垞其人，據《聞見异詞·自序》知其號緑筠居士。民國十一年《海寧州志稿》云：『許汶瀾，字東瀛，號秋垞，咸豐癸丑恩貢。』著有『《珠盤睟語》（稿本），《聞見异辭》二卷，鉛印本。』[一]今所見鉛印本唯有《申報館叢書》本，而此本爲四卷，《志》書的編纂者所見當爲《筆記小説大觀》本。由《海寧州志稿》卷二十六《選舉表》記載許汶瀾爲道光三十年（一八五〇）恩貢。[二]恩貢祇有遇國家慶典或皇帝登基時纔會有，因道光三十年，咸豐帝登基，所以前面癸丑（一八五三）恩貢之説可能有誤。據沈炳垣《序》及作者《自序》可知許汶瀾還著有《琵琶演義》《珠盤駢記》《蝶夢緣》《仙緣延慶》《笑林雜説》等書。《聞見异辭》中多次提到的『伯祖夢椽公』即許良謨。民國十一年《海寧州

[一]［清］李圭［民國］朱寶瑨：《海寧州志稿》卷十六《典籍》十八，民國十一年鉛印本。

[二]［清］李圭［民國］朱寶瑨：《海寧州志稿》卷二十六《選舉表》，民國十一年鉛印本。

志稿》卷二十九《人物志·文苑》有傳：許良謨，初名文敷，字聞夫，號夢椽，又號許田外史，諸生。『學問淵博，於鄉邦文獻尤所留意。嘗病所居之袁花爲海昌鉅鎮，前未有志，因輯《花溪志》十八卷……致爲賅洽，惜毁於火。此外，詩文集及雜著不下數十種，今皆散佚，唯《瓜廬紀异》六卷尚存。』據許嘉猷《許順庵老人自述年譜》記載，許良謨於嘉慶六年（一八〇一）七月一日去世[一]。《海寧州志稿》中列舉其著作十餘種，其中提到《瓜廬紀异》一書，我們現在無法看到了。祇是在《聞見异辭》卷一有《梓里四异》一條云：『余閲夢椽伯祖各編，异迹寔繁，不勝枚舉，今特節録數端，在天則有聲如磨，二十夜月圓如望日；在地則出白毛數尺，某墳三月内出石笋丈餘；在人則有一胎而産四女，孫龎各舉千斤；在物則有剖瓜得鱉，竹狗食人。天地人物各顯其奇，統以四异括之。』另外，許良謨《花溪志補遺·藝文志補遺》中收蔣元龍《題〈瓜廬紀异〉後》詩云：『東方聞説標《神异》，郭憲曾傳紀《洞冥》。小説

[一]［清］許嘉猷：《許順庵老人自述年譜》，清道光間海寧許氏刻本。

自來家故别，我雖頭白眼終青。』又有『以文爲戲先韓子，好怪常談有老坡』[一]之句，由此我們也可窺《瓜廬紀异》之一斑。

《聞見异辭》中提到的『先大父順庵公』，《海寧州志稿》亦有記載：『許嘉猷，字慕魯，號順庵，乾隆己酉舉人，官江南沛縣知縣。有《順庵詩文集》二卷（寫本）。』[二]卷二十八《人物志・循吏傳》則稱其『字儒珍，號順庵，乾隆己酉舉人，景山教習官（與張惠言同僚），江南沛縣知縣，凡九年，嘗一權江寧南捕通判事……子元欽，字敬塘，附貢生，候選縣丞，佐父治家有法。』[三]據許嘉猷自著《許順庵老人自述年譜》知：許嘉猷（一七五八～一八三〇），行八，字儒珍，號慕魯，晚號順庵，又號擷芳亭長。先世自汴遷浙，提督公始遷海昌袁花之靈泉鄉（今海寧市袁花鎮），至嘉猷已是第十八代。母朱氏，生伯兄諱闇、仲兄良謨及嘉猷并一妹共四人。嘉猷生三子：長子元錫、次子元欽、三子元鈺（側室錢氏所生）。汶瀾爲元錫次子，生於嘉慶八年

[一]［清］許良謨：《花溪志補遺》，《中國地方志集成・鄉鎮志專輯》，上海書店，一九九二年，第八一五頁。

[二]［清］李圭［民國］朱寶瑨：《海寧州志稿》卷十四《典籍》，民國十一年鉛印本。

[三]［清］李圭［民國］朱寶瑨：《海寧州志稿》卷二十八《人物志・循吏》，民國十一年鉛印本。

（一八〇三）六月。嘉慶二十三年（一八一八）春，應州試。道光三年（一八二三）五月十九，應院試，補州學庠生[一]。道光四年（一八二四）五月，元鈺、汶瀾應州試，取列二等。十月十三日，汶瀾娶武原張冠伯上舍家俊之次女。道光五年（一八二五）五月廿七日巳時父元錫去世[二]。道光六年（一八二六）妻張氏病故。道光八年（一八二八），應省試。道光十年（一八三〇）二月二十一日，祖父嘉猷去世，年七十三歲[三]。道光十五年（一八三五），汶瀾赴省應試，未能得中[四]。道光十七年（一八三七），元鈺中舉[五]。道光十八年（一八三八）汶瀾應歲試[六]。道光二十二年（一八四二），汶瀾再次赴

〔一〕又見《聞見异辭》卷三《庚寅奇夢》條：『余憶癸未元旦祈功名……此年果入泮。』
〔二〕又見《聞見异辭》卷三《乙酉夢變》條：『五月廿七，先君子竟歸道山。』
〔三〕以上據《許順庵老人自述年譜》，《北京圖書館藏珍本年譜叢刊》（第一二一册），第一～七五頁。
〔四〕《聞見异辭》卷三《鼉龍》條有『歲乙未（一八三五）八月，余以試事晋省』。
〔五〕《聞見异辭》卷三《一夢兩應》條：丁酉『式齋叔名登賢書』。又據《海寧州志稿》卷二十六《選舉表》中：丁酉科『許元鈺，嘉猷子，榜名元鈺，字佩荼，號式齋』。
〔六〕《聞見异辭》卷三《一笑迷人》條：『余應戊戌歲試。』

省參加科試[一]。直到道光三十年（一八五〇），纔因爲咸豐登基而有機會考中恩貢。此後事迹則未見記載。

關於《聞見异辭》，作者表内弟沈炳垣[二]《聞見异辭·序》中評價説：『潑墨成雲，奇峰忽擁；翻瀾縱吻，别派同探。燭定燃犀，恍鬼笑靈談之交接；詞非祭獺，匯《搜神》《述异》而翻新。』『洵乎刮目之金蓖，振聾之木鐸已。』未免有過譽之辭，但他注意到《聞見异辭》注重勸懲的創作動機，以及力求創新的初衷。作者《自序》云：『隨得隨鈔，舉凡宇宙間形形色色怪怪奇奇，既貴於親朋納之入，尤貴於筆硯導之出。用是述古人之异，繼以近來之异；談遠方之异，參以同里之异；志目中之异，益以夢境之异。其事雖殊，其所稱异者，一也。非敢擬袁簡齋之《新齊諧》、紀曉嵐之《灤陽消夏録》以詡俶鬼靈奇，特欲仿伯祖夢橼公《瓜廬紀异》四卷，所謂補談資、昭勸懲、消炎夏，居門室以犁許田，遣閑情以却睡魔而已。名其編曰《聞見异辭》，正欲前之异無敢

[一]《聞見异辭》卷四《臨緇題詩》條：『壬寅十一月廿五，余應科試赴省。』

[二] 沈炳垣（一七八四～一八五七），字紫卿，浙江海鹽人。道光二十五年（一八四五）進士，選庶吉士，授編修，遷中允。咸豐四年（一八五四）授學政，咸豐七年（一八五七）卒。見《清史稿·列傳》一百八十六。

忘，以冀後之异復有所觸也。』從作者的《自序》中，我們可以看到他力求在牛鬼蛇神之外有所開拓，所以加上了『大小懸殊、語言調笑』之類的日常雜事題材。在體式上，作者傾嚮於《新齊諧》和《灤陽消夏録》，雖然作者一再聲明『非敢擬』袁枚與紀昀，但無疑作者是把他們的作品奉爲圭臬的。正如吴禮權評價《聞見异辭》時説：『所記全爲狐鬼神怪之事，與《聊齋志异》同，但其叙寫文筆及風格則是《閱微草堂筆記》一路，亦常借志怪内容以闡發勸懲之旨意。』〔一〕

從其所記内容來看，《聞見异辭》多記怪异之事，多數篇幅短小，筆法簡練，有六朝志怪餘風，無唐人傳奇之筆。總體上内容上没有突破此前志怪小説的樊籬，在形式上，每篇結尾附七言絶句一首，對全篇内容進行概括，是其特色所在。《聞見异辭》在内容上模仿《聊齋》的痕迹也非常明顯。如《翠鳳》一篇後所附七絶云：『花樣精神玉樣身，巧將詩句締良姻。風流若擬聊齋筆，青鳳而今有替人。』可見作者是有意識地模仿《聊齋·青鳳》進行創作。除此之外，還有一些篇章的題材也跟《聊齋》中的篇目極爲相似，如《妖

〔一〕　吴禮權：《中國筆記小説史》，商務印書館國際有限公司，一九九七年，第二五八頁。

術》(卷一)與《聊齋・妖術》(卷一)，《陰差》(卷一)與《聊齋・布客》(卷五)，《俠客》(卷一)與《聊齋・五通》(卷十)，《鬼升城隍》(卷二)與《聊齋・王六郎》(卷一)，《大鳥食蛇》(卷三)與《聊齋・禽俠》(卷八)，《大鼠》(卷四)與《聊齋・大鼠》(卷九)，題材都十分相似。而這些篇章在《聊齋》中都屬於叙事簡短的一類形式，所以其題材上模仿《聊齋》，而形式上更接近《閲微》一派。此外，《聞見异辭》還從唐代志怪傳奇小説中汲取題材，如《煉丹》(卷一)就與唐代牛僧儒《玄怪録》中的《杜子春》和薛漁思《河東記》中的《蕭洞玄》題材相同。

本次《聞見异辭》整理出版以《申報館叢書》本爲底本，前兩卷參校以《筆記小説大觀本》、一九三四年新文化書社本。

以上兩書部分文字的録入和整理得到黄山學院文學院漢語言文學專業學生積極參與支持，在此一并致謝。

張振國

記於黄山學院横江校區之對影齋

# 廣新聞

[清]無悶居士　編

# 目録

**卷五**

卷六

# 《廣新聞》序

搜神干寶，記盡瑰奇，說鬼東坡，事無真僞，性所近也，意即留焉。無悶居士，家本齊雲，誼嘗立雪，夙具粲花之舌，每爲碣石之譚。木魅山精，得未曾有，續鳧斷鶴，姑妄言之。今乃出其新編，丐余弁首。稗官野史登大雅堂，著作無關惡癉善彰，遇下等人因果且說云爾。

乾隆壬子秋七月拈花侍者序

# 《廣新聞》題詞

## 題詞

吴縣　李福子仙

壬子夏，無悶居士輯其往常所聞爲一編示余，鬼怪居其半，次及仙狐，下至街談里諺，莫非可驚可愕者。昔孫可立常恨天下無書以廣新聞，余因請以『廣新聞』名其編。有觀之而色飛眉舞者，謂聞所未聞也，可；有觀之而罵爲多事者，謂聞猶不聞也，亦可。

## 題詞

吴縣　顧蒓南雅

南苑多暑，北窗無風，却丹鉛，擯經史，每當飯後，時與夢游，得此傀儡形骸，何處非逍遥境界也。無悶居士借管城追凉，買研山結夏，剪裁香草奇花，驅役蛇神牛鬼，聊作消遣，用廣見聞。僕正無聊，强人説鬼，子如有興，過我談天可耳。

## 題詞

長洲吴嘉泰春齋

相與無相與，言愁始欲愁。著書問歲月，陋巷小風流。腹笥羅花史，頭銜署醉侯。蒼涼尋舊迹，攟摭遍良儔。鹿夢参疑信，鷄談得謬悠。燈昏嘯山谷，月黑泪松楸。人鬼争奇艷，蟲魚費校讎。量才珠百斛，垂戒鏡千秋。直許聲光現，權教泡影留。爾曹空兀兀，誰使白盈頭。

## 題詞

平江徐葵澹如

褫鬼之魄窮神奸，謨觴發秘皆奇觀。鸊鵜膏瑩宵練白，疑似栗尾光芒寒。前《支諸皋》後《夷堅》，往往筆力摩秋翰。呼名老魅泣紫紫，雄虺九首殊形殫。班香宋艷了不异，奚囊片錦嘔心肝。鬼之董狐古良史，游光野仲供雕劖。篝燈快讀銀海眩，起視閣道雲漫漫。珊瑚鞭掣玉虎喉，驚風颯遝飄重闌。嘻嘻出出古所有，張弧載鬼寧無端。芰薙舊聞甲新意，矯首矻矻忘晨餐。搜奇或恐剡溪盡，刻畫鼎象生波瀾。古來夜哭良有以，讀竟申畢還三歎。君才如海芥六合，流星飛免駕追難。彌明顧笑豕腹脹，那得脱手如彈丸。殘膏剩馥或可丐，俾换凡骨烹金丹。

**滿江紅**

長洲顧寅朗山

怪怪奇奇，翻淵海、才人胸臆。閑摭拾、巵言瑣事，求端訊末。夢草分香堆錦句，舌蓮移吐生花筆。漫輕嗤、小技碎文章，雕蟲迹。論忠孝，堪歌泣。紀詭异，驚魂魄。更英雄兒女，千聲萬色。博物張君能有幾？談天田叟知無匹。問書成、印證倩伊誰，仙和佛。

**百字令**

元和李鋭四香

科頭赤足，剪芭蕉，鏤得扇兒一把。竹院追凉，相聚處，閑話不曾暫罷。聞者皆新，新還能廣，道學先生怕。重來有興，且教説過長夏。客去獨坐無聊，濡豪磨墨，便向烏絲寫。貽我一編花下讀，讀罷不勝歎咤。子以筆談，我以目聽，有酒都能下。拍浮大白，頽然忽已醉也。

**《廣新聞》題詞**

新陽王聲雷豫庵

壬子初秋，余病瘧紫陽院齋，適無悶居士以《廣新聞》一編示余。其中事迹離奇，物情變幻，聞聞見見，匪夷所思，如入山陰道上，令人目不給賞。讀未竟而瘧愈，因歎此書之功不減『子章髑髏』之句也。

**《廣新聞》題詞**

吴江薄鳳翼古硯

聞見都因疑殆紛，鷁飛石隕已無文。劉家自得青藜秘，《説苑》新談廣見聞。
離奇彩管輒生花，筆底波瀾海上槎。知是君家通敏悟，《天台賦》紀赤城霞。

# 卷一

無悶居士編　劚雲山人校

## 裴仙人

吾郡裴姓，衛籍人，運糧於蘇前幫。裴某名下一船，每年必抵通辨交代。康熙五十年間，銜米極遲，時日躔在北，某猶未得歸。某有一弟，年近三十，性絶癡，飲酒食肉是其能事，責以家務，茫然不知。值短至節，嫂自碎米作團。裴二嬉嬉自外來，向嫂索食，争多道寡。嫂怒曰：『汝日在家安食，不知一粥一飯皆汝兄勞力而得，今在外欲嘗此，得乎？』裴二笑曰：『嫂盛一碗，我送去與阿兄嘗之。』遂奪取大碗，疾行而出。嫂以其性素呆，亦含憤置之。

約半月後，裴某歸，而裴二已亡五六日。先是，裴某抵山東界，鄰船邀某博，遂扃艙門去。傍晚返，見熱氣蒸蒸自艙中出，諦視之，蓋熟粉團也。大咴之，而不知何自來。歸家後述諸婦，并出其碗示之，言非船家物。婦驚疑參半，歷告其索團事。某亦大爲咤异。未幾時，裴二歸，某故隱其事以覘舉動，真時有异人處。食量素佳，至遠歸後，則厭棄烟火，唯啖鮮果而已。一日，某自内出，見裴二緩步於鷄冠花上。某大驚曰：『吾弟真仙人！』裴二見兄，冉冉而升，飄然不知所往。此係李子仙爲余言者，渠尊人猶及見之。

## 古人受罪

慈溪令某，斷獄稱明决。適春郊，演《鳴鳳記》，中有《嵩壽》一折，狀趙蓉江趨奉嚴相處頗淋漓盡致。時趙氏裔過其地，見之怒謂：『吾祖雖入嚴鄗，何主形容若此？』遂詣縣訴。某亦大怒，拘優嚴訊，既而曰：『耳聞爲虚，眼見乃實。』命服飾演之，毋許一毫避忌。由是觀者若堵，而大堂上優孟衣冠，無微不入。演未畢，令大怒曰：『如此惡狀，令人難堪，該打二十大板。』打後以重枷枷之，上判：『枷號奸黨趙文華一名。』紅袍玉帶蜂擁而出。趙大窘，固求之，三日乃釋。

# 蕙香亭

江寧聚寶門外有廢圃，地頗敞，枯樹幾株，雜花點砌，外唯兩間破屋，爲土人所居。徑曲而東，樓房一座，中有祟，故終歲無人敢啓者。樓下有亭，相傳爲蕙香亭，不知命名意也。是歲適科闈，有泰興宋生到省遲，城中覓居停不得，偶過此園，倩人示意。守園者不納，且告以户鎖之故。生曰：『無妨。』遂自啓封上樓，見屋宇精潔，琴榻依然，心甚訝守者誑己。搴帷進内房，鏡光射月，粉香醉人。因念即有祟，亦必麗鬼所居，倘野花有色，或可得佳遇，遂唤家人將行李安頓。

夜饍畢，令家人住樓下，生獨挑燈坐，頗有西方彼美之思。舉念間，瞥見一無頭女子闖然入。生狂駭，匿於床，隔帳窺之。燈光閃爍中，又有一緑衣女携一女頭至，嘻嘻作笑聲，旋捧頭爲女子裝頸。女乃對鏡自照，重施淡粉，向緑衣女子罵曰：『長舌婦如此惡嬲，月洞中當無超身日矣。』言次，漸近床來。生大叫，女回身，即持晶瑩匕首揭帳亂砍。緑衣女舌垂二三寸，抛繩圈來扣。生不得避，自度無生理，而二女子刀砍刀折，索扣索斷，遂轉身出，曰：『此生命不該絶，我輩當去問羅刹君。』

不幾時，二女霽顏而來，生始神定視之，春山秋水，楚楚可人，而緑衣女郎尤秀麗罕匹。生遂執手曰：『卿固絶世，何向者作此惡態怕人？』緑衣者俯首未答，女已前襝衽曰：『菊英告罪唐突處，以我輩好静，嚇之令人自避，實非本意也。今承羅刹君命，不得不實告君。妾本建康節度使李曰助之女，遭郭雀兒兵圍，父母皆殉難。妾因自刎，葬此樓下。妹爲前太守沈公女，小字蕙香，甫及笄。父母欲許豪家娉，妹却之，意必如東鄰宋玉者。紅樓春鎖，芳訊遲遲，父母奪其志。遂自縊，葬於亭西碧桃花下，而妾有芳鄰矣。妹以死之無名，曾訴寃於泰山王。王令羅刹君查復言：「俟某科宋解元，宋玉才也。頗不負雅意，當令其返魂，尚有十二年相聚。」今墻東人已至，妹有托矣，薄命妾將奈何？』言之，泪涔涔下。生方勸解，而天鷄一聲，音響俱寂。大异之，既而曰：『人間哪有返生香？此事渺不可信。』方轉念間，而日影中見緑衣女坐榻上，時隱時現。日既昃，更若影之隨形，無頃刻離。但不言不笑，依依肘旁。生會其意，遂屏童僕出，掩扉塞竇，弗使日光透露。緑衣女喜，小語曰：『解元真解人也。妾之所以不卜其夜者，恐阿姊强欲同至耳。渠雖處女，然精散，白晝不能鍊形。妾惡其血光甚烈，且恐於君有大不利。君如不棄妾，妾即往東嶽青帝處取回生牒矣。』遂解一佩贈生：『此妾殉葬物，上綴龍文，有一鳳文者佩在棺。君先持此佩，呈告太守，於某月日時記桃樹上蛛網密布者，下即余塚。』言畢而没。是歲，宋生果發解，一一如女言。掘至二尺許，親啓棺，移屍於庭，顔色不變，襟間垂一佩，果如所言。遂接吻貫氣，女已忽忽若醒。調養十月，挈之歸，成合巹禮。舉丈夫子一，後十二年，果無疾終。

## 俚體七排

友人某，耕硯田所得不足供老母，遂投筆，有市隱志。作夥一載，亦復無聊，將歸理舊業，作俚體七排，留别同人。其詩曰：

誤抛絳帳舊生涯，司會何嘗是慣家？三兩客身挨月送，四金外手被人拿。
之乎者也齊收拾，絲忽毫釐莫算差。未許高聲唤童僕，常將己鈔備烟茶。
稱呼改作敝同事，喜怒須防老阿爹。緊束疏狂嫌落拓，虚當名譽責奢遮。
相逢佳客登時避，偶惠殘肴屢次誇。祇有筆耕還故業，清高猶得叫師爺。

## 孽海記

戲場所演《孽海記》，新安瞽者所作，劇成目明。一日村中演試，某往觀焉，既而曰：『如此一部傳奇，惜少風流處。』乃增入《思凡》《下山》二出，逾時目復瞽。

## 在數難逃

歲戊申，祁門大水，先有術者避於山。一夕，見黄霧四塞，細雨中有電影閃爍，不之异。須臾遺於峰坳，狂風暴作，霹靂駢至，群蛟軒騰，脚下飛出，而某亦隨波而逝。知有灾而不知己之不可避，術未精歟？抑在數難逃之説也？

## 豈敢

新安某翁，家祟於怪。延道士建法驅之，述種種怪狀。適有犬至前，翁指曰：

『祇此如故耳。』犬忽拱立，言曰：『豈敢！豈敢！』道士大訝，逸去。後報二子及第，怪遂止。

## 鎮宅符

江西某官歸，乞得張天師符一。過鄱陽湖，風雨大作，舟幾覆。某疑符，故就船頭焚之。忽電影中見一神拱立，言曰：『吾奉天師令，保汝十二年平安。今既見疑，請送過湖可也。』遂挂帆渡。

## 竈禁

張天師過吴，寓蔣氏，夜坐讀書。有二僕子戲撒沙泥，天師不爲之動。繼以石片，乃書『仰竈神查禁』五字焚之。須臾主人叩門，告以二僕子無故入竈，曳之不出。天師笑曰：『不妨。』因又書『灶神免究』四字，始得出。

## 鬧楊花

鬧楊花，毒草也，多食殺人，少亦暈迷不起。徽嚴山中有之。休寧客某，販於外，附盜舟，某心知其盜而不敢言。是夕，盜將發，某問盜曰：『此間有良醞乎？』盜曰：『有。』某曰：『可沽數十斤來。』盜曰：『安用如許？』某曰：『請若輩飲耳。』盜以詐醉可舉事，遂大喜。酒至，某適帶鬧楊花一瓶，隱置酒中。盜不知，猜拳戰拇，夥飲立罄。逾時，盜盡僵。某登岸鳴官，盡縛之。時有客在座，問其事，笑曰：『醫家有以毒攻毒法，客其良醫乎？』

## 搭船鬼

吴有客死於外者，柩寄蘭若。一夕，夢告僧曰：『明日有故人到此，我可同歸矣。』及明，適范芝岩太史過寺，僧述其夢。太史固與某有舊，因另覓舟携柩以行。是夜，太史夢某來謝。纔半途，水手往船頭取物，忽僕地大言曰：『某老爺在此！吾與船中某老爺相好，故屢次請我同行，即與隔船范老爺亦有一面，汝輩小人，敢攔阻我乎？』太史過船，乞免之，得無恙。

## 鴛鴦塚

杭州城外高大官者，年十五，貌俊雅而拙於文。鄰有女，年亦十五，色稍殺，頗解韵言。兩相愛慕。女所居樓與高卧室僅間短垣。一夕，高乘間踰墻，迫之。女正色曰：『妾雖貧賤，粗識大體。苟合之行，豈我輩所爲！』高請一言以訂，女許之，由是往來甚密。高常問字於女，奉女爲師。年餘，父將鬻女，女急召高曰：『事不諧矣！』高問故，女曰：『父以爲余有家。』高曰：『奈何？』女曰：『死之，當以魂歸。』高曰：『卿既盡節，余敢不盡義？且卿以魂附我，不如兩魂相接之無嫌也，請誓同穴。』次日女父起，見女與高俱縊於樓，面相嚮，髮相結，遺言滿壁，蓋囑其父合葬也。仁和唐君仁埴驗而异之，爲捐俸助殮，葬於蘇小小墓側，表曰『鴛鴦塚』云。

## 探頭鬼

客某過滸關儀橋，榻下某家廳側。夜静月光四射，聞堂中履聲橐橐，窺之，見有長髯豐頤者，紅袍烏帽，對月長歎。少頃，探頭置几上，自捋其髯，繼以袍袖拭其目，旋復舉頭裝頸，格格有聲，整頓訖，漫步而去。

## 黄子澄墓

昆山城隍廟旁有隙地數弓，邑令裴公欲即其地蓋屋三楹。上梁之夕，雷雨大作，將所架木移置城外六七里。查邑志，地本黄子澄墓，因爲封植，建碑表之。

## 鬼類旱魃

太倉顧蓉堂太史，幼自塾歸，過小東門。地固僻静少行人，時將更餘，淡月在樹，遇一人避墻角，似讓道者。逼視之，目光熒熒，起竪額角，面黑若塗，手揹一傘，大於車輪。太史舉扇擊之，啾然有聲，隨墻角而滅。今人往往見之，亦不爲怪，其狀頗類《山海經》所載旱魃。

## 産异

乾隆辛亥，婁門外某家生一子，四耳十四手指，拳曲如常人，足趾亦十四。不半年，父母俱歿，今寄食於舅氏。

## 假溺鬼

海門本多盜，某翁小有所蓄，臨水卜居，常獨守藏金處。一夜未寐，忽聞窗外語曰：『明日淅米婦乃吾替也。』一鬼曰：『恭喜！恭喜！』翁意此必溺鬼，明日伺河邊，果有淅米婦至，翁力阻之。夜忽聞群鬼啾唧曰：『此即救人者。』一曰：『殺之！不然吾等無托生日矣。』一曰：『即拖此人入水以代日間婦可也。』正喧雜間，石片沙泥如雨霰雹。翁蒙被屏息，不敢少動。天甫明，急起視之，所蓄席捲去，乃悟鬼與婦皆偷者之所爲也。計亦狡矣。

## 齋聾

吴俗以雷而齋，謂之『雷齋』。客某齋甚，若每五六月間聞雷聲隱隱，必曰：『何處擊鼓？』輒以爲常。一夕夢至一處，紺宇聳雲，朱扉耀日，兩大金字顔曰『雷門』。某進殿伏階下，不敢仰視。上座者叱曰：『此聞雷不齋者乎？聾之。』即有一神奔前，貌猙獰可怕，左手持鼓，右手舉桴，向腦後一擊。某忽驚醒，從此兩耳若塞，而奉齋極謹。當盛饌羅列時，友人輒掩耳賺之，某即投箸，然終無所聞也。

## 吐烟

吴門某忽患奇症，無故口吐烟縷，斷續如谷口出雲氣。延醫視之，莫知所由。子某祈福於城隍司，願減己壽作父算。一夜，子忽夢至城隍廟，於廊下遇舊熟友。問曰：『子至此何事？』曰：『吾爲父祈福一事，未知如何？一來竊聽耳。』友曰：『余當代問之。』友遂入。少間，友出曰：『已仰吴縣城隍司查覆，余更代往一問。』遂同某至吴縣城隍司處。遇吏於門，友與耳語。移時，吏曰：『此事已查，勘某有夙孽，當五臟焦裂而死，以故口出烟火。查渠乾隆五十年施粥有應得罪，乾隆二十年施粥有應得功，功罪相抵。冥府本無借壽例，今以子孝所感，某增壽一紀。今因二十年經辦施粥册者他出，俟其歸，查勘核實，即詳報施行，病可立愈。但勿先泄，以取重譴。』某遂醒。後三月，父病果愈。

## 陰斬

客某，寓常熟城隍廟對門。夜出小遺，見廟中火光燭天，望之，乃升堂審事也。兩旁羅囚鬼，或杖或枷，發落殆盡。末一吏捧册牘呈曰：『某人當陰斬，今夜某時可令卒往勾。』城隍乃喚飛天巡卒至，則獸頭人身，兩脚如爪，脅下四翼能飛，光怪可怕。

城隍飭籤與之，遂飛去。少停，銜一人頭來，血涔涔滴下。卒前跪階下大聲報曰：『某某首級呈上。』城隍命發號令。又須臾，遂掩門，寂然無聲。客大懼，心意某某乃無賴棍也。明日訪之，果於昨夜病落頭疽死。

## 柳小姐

郡城西數里有古塚，相傳爲未字女，不知何時葬此。地故寬暢，方春和時，百花競艷，時士女連臂踏青，多憩息墓門。瀆川生某，年未及冠，美丰儀，温雅能文，讀書虹橋親串家，往來必道過焉。一日他出，歸已晚，見道旁有巨第，生訝此處素無高門大族。徘徊間，一老嫗遽出，謂生曰：『郎君來何暮也？』挽生入。登堂則錦屏翠幄，華麗如天上宮闕。俄擁一女郎出，雲鬟霧鬢，絶世麗姝。向生拜，生亦拜，致禮甚殷。生遂詰女氏族，女言柳氏。女亦問生，生告之。嫗在旁曰：『然則小姐與郎君爲中表兄妹也。』遂以兄妹稱。少選，引生達内寢，設饌。女與生對席飲，生本不勝杯勺且又心醉麗人，僅舉一蕉葉，早頹然不自知矣。及明日，生起。嫗早伺門外，見生道温凉，款曲備至。生問女家何并無他人，嫗與女相依幾時矣。嫗方支吾，而女已起，生遂置不問，坐奩側，觀女理曉妝。勺粉調脂，聊爲膏沐，簪牽牛花一枝，衣翠羅衫曳湘裾細縑訖，挽生歷游亭院。少疲，則偎坐桐陰下小石闌。嫗以玻璃盞瀹香茗進，味甘冷，沁人心脾。女笑謂生曰：『能復飲乎？』生曰：『相如素病渴，得此足潤枯腸，更勿脱裘貰酒也。』閑爲雙陸蹴鞠，時或作小詩相唱和。曾記女《七夕》一絶云：

曝衣樓上望雙星，銀漢初斜斗轉不〔一〕。凉露滿庭時獨立，疏離瓜蔓起流螢。

由是生與女形影相隨，刻不可離。無何，迹生者麇至，遍訪不可得。偶過其地，聞笑語聲從塚中出，詢爲無主墓，亟發之，則生方裸卧棺側，見人猶作癡憨態。載而歸，扃不令出。女亦尋至，每夕燕昵，語喃喃，絮聒至夜分不休。生父恚甚，禁之，不可。一日從户外入，見生方裁芙蓉錦作幃屏，謂女二十初度，制四六序壽女也。由是與生言諦姻事，生守燕尾生約，屢梗父命。强委幣於郡城某

〔一〕疑作『横』字。

氏，擇期成禮，鼓樂至而生暈絕。生父哭之慟，尋見生巾箱中《續會真記》一首，又《秘辛詳考》十卷，遂怒曰：『不肖兒，死且晚矣！』俱焚之，不復哭。生没後且數月，虹橋戚某夜坐，聞吟哦聲，啓户視之，於月影下見生挾紅裙女從東南冉冉而去。

# 卷　二

無悶居士編　子仙校

## 無錫縣女鬼

無錫縣署樓一楹，祟於鬼，不可住。雍正九年，胡湘州廷琦作宰時，有邱姓者素負膽略，獨卧樓中。正直秋夜，忽見少年美婦，羅衣畫裙，翩然而至，吟一絶曰：『香粉飄零蛾緑稀，年年明月照幽幃。白團紈扇傷心事，一曲清歌泪滿衣。』吟罷，漸近床下。邱大聲喝之，應響而没，後不復見。

## 會稽女子扛鼎

會稽杜浦江，即曹娥江之下流也。江邊地名黄草瀝，有廟祀海神張侯，最靈异。廟有巨鼎，下置石座，雖有大力者不舉。康熙六十年九月，有四婦人駕扁舟來，年可二三十餘，淡妝素服，飄若仙姝。入廟焚香展拜訖，俳徊庭宇，讀柱間一對曰：『平生忠義，今日風波，素患難行乎患難；舟楫顛危，魚龍出没，叫一聲立應一聲。』對係徐文長先生集，陳洪受先生草書。四婦讀畢，各言某句出某處。一婦曰：『江上潮落矣。』一少婦曰：『江上潮回沙舊白。』一少婦應聲曰：『海邊秋老草新黄。』又一少婦指鼎曰：『鼎上鎸字「重三百六十斤」，能舉之乎？』一少婦笑曰：『姑試之。』微纏小袖，緩步至前，兩纖手執鼎耳，移置地上，神色不動。一少婦曰：『鼎焚香不絶，豈可立地中？』遂舉一手扼鼎足，還置石座正側，不溢一黍。二少婦顧謂二婦曰：『往常謂我二人力怯，今日何如？』二婦曰：『如我兩人，則連座舉之矣。』相與歡笑，出廟歸舟而去。

## 楊梅瘡

無錫某官女，許字某宦子，婚有日矣。忽女生楊梅瘡，初猶隱處，漸見於面。父母問之，不知所由。拷略婢媪，實無他故。醫藥治之，亦不效。婿家聞其异，欲絶婚。不可，訟諸官。時邑令張湘門璨，傳女父問曰：『汝女生平喜食何物？』曰：『兩片猪肺，每飯不忘。』張曰：『肺自何處買？』曰：『取自肉肆。』張傳屠者至，則遍身淫瘡，不可嚮邇。張問曰：『汝瘡患幾時矣？』曰：『十數年。』曰：『汝屠乎？』曰：『然。』曰：『某家日來取肺乎？』曰：『然。』張曰：『事白矣！殺猪必吹氣，毒氣入肺，人食之受毒，女瘡所由生也。』兩家大悦，共稱神明。遂成婚。延醫治之，數月而愈。治獄者可不細心體問歟？

## 求　雨

康熙庚子，四川大竹縣旱甚，祈禱無應。一日，有重慶府秀才請見邑令。秀才狀貌雄偉，髯長過腹，曰：『吾應試成都，道過貴治，聞明公望雨甚切，願效力。』令大喜，乃館秀才於寺。明日登壇，書符咒焚之，曰：『三日有雨。』第三日，遣人邀令，登壇接雨。令至壇前，烈日當空，萬里無雲，竊疑其妄。秀才曰：『雨即至，請回署。』頃刻間，雲起西北，疾風迅雷，大雨如注。愈時雨止，令往謝。秀才端坐僧室曰：『天本無雨，强求之，幾遭雷擊。』視屋上瓦，已揭去三椽矣。謝以金，不受，去。

## 無無子

紹興府城中王某，生子頗聰慧，父甚愛之。常獨住一室，不喜交游，涉獵書史，不事帖括，自號無無子。父令習舉子業，取功名。曰：『人生世上，無論富貴貧賤，多非我有，即昂藏六尺軀，亦偶寄天地耳。』年二十，忽遘疾。父令醫藥。又曰：『壽夭有數，草根樹皮豈能回造化？』病將革，囑其父曰：『死，埋我宛委山中。』言訖而卒。父痛惜之。逾年，卜兆於禹陵之南，擇日開土，深三尺許，得一石碑，横卧土面。拭視之，題曰：『無無子之墓』。某驚曰：『此定數也。』合工起石，聞下有聲，隱隱如雷。某懼不敢發，遂即碑上作壙葬。此雍正四年事。

## 村婦升天

蕭山縣楊某，駕海航爲業。童養媳張氏，事姑至孝。自幼好佛，蓬首垢面，狀若癡憨。及笄成婚，楊欲近之，張身如芒刺不可犯。一日，張忽奔告鄰里曰：『我於某日升天，乞借空地一角。』鄰人曰：『婦又癡發矣。』姑諾之。又化稻草無算。是日，張將所化稻草堆地中，高二丈許。晨起妝束，拜姑前曰：『別矣。』手然綫香三枝向外竟走。鄰人隨往觀之。張冉冉步至草上，南嚮跏坐，舉手中香一閃，須臾火起，烈焰中白光一道衝天而上。衆始驚异，羅拜念佛號，即其地立廟祀之。

## 青蛙借雷

甘肅地方多怪，有妖氛如五彩雲起，則雷電交作，水雹并至。居人搽弓矢火槍敵之，漸止。武生某夜行，宿古廟中，琉璃瑩然，照見神帳中供一女神。生不暇詳審何神，即卧殿角。夜半，有二鬼卒至，跪神前曰：『明日二爺出獵，借娘娘雷一用。』神曰：『汝二爺、三爺何必出獵？如我保障一方，人自敬我。然親情不可却。』命鬼卒付之。鬼卒付小鼓一。卒去，生甚驚疑。明日某村雷電雨雹，村人敵之，忽空中墜一青蛙，重可二百餘斤。舁至官，命殺於野。生至夜仍卧廟中，以瞻其異。夜半，前鬼卒負鼓來，跪神前曰：『還娘娘鼓。』神曰：『汝二爺、三爺今日獵何如？』鬼卒曰：

『三爺爲鳥槍所傷，被殺，二爺退入山中不復出矣。』神曰：『汝三爺不聽吾言，以致如此，可回致二爺，不可再行出獵。』鬼卒叩頭而去。乃知所殺青蛙即三爺也，惜不知女神二爺又是何怪。

## 雨豆

雍正十年正月十六日夜，微雪後雨豆，較蠶豆稍扁，皮青色，兩面有青花紋，肉亦青色。有人食之，傾刻面目腫脹，急煎甘草湯飲，乃愈。江南蘇松、浙江嘉紹各處有之。是年七月十六日，風潮大作，江浙沿海居人溺死無數。豈其驗歟？

## 瓦上冰花

雍正八年，山東喬世臣以杭州府升任江蘇臬司，署西有小樓三間，幕客居之。樓下廊側偶堆瓦十片，葺屋所餘。至十二月，忽見瓦上有冰花，揭視之：二片梅，二片菊，二片蘭，二片桃李，二片山水。花則扶疏挺秀，宛如寫生；山水極似黄大癡筆法。皆以薄冰鏤刻，精細异常。群相詫异。越三日，冰始化。

## 沙没净名寺

石屏州城外有净名寺，殿宇壯麗，蓋古刹也。寺後高山盡沙土。雍正初年，山門傾圮，寺僧拆修，梁上有水一碗，中養一小魚尚活，傍劍一口。寺僧不知何用，棄魚於池，取劍與碗入寺。未幾，山上沙土漸漸崩卸入寺，不一年，寺没於沙中。

## 白　生

嘉興錢千秋，字真長，少負才藻，好狹邪游。一日在青樓遇美少年，不知姓氏，呼爲白生。千秋一見愛之，挈匿館舍。白生彈棋蹴鞠，技藝精巧，司巾箱書籍，曲如人意。千秋行則隨肩，卧則連被，刻不可離。

一日，張天師入覲京師，泊舟鴛鴦湖。白生思得玉璽文，則碧落黄泉，横行無礙，乃持文錦浼錢代乞之。錢往乞印，天師疑之，端相錦幅，腥毒逼人。天師以妖語錢，錢轉告白，白默然。中夜，白呼羅三曰：『爾掌我畫，赴湖中開放。』羅三應聲而去。天師卧舟中，忽聞震雷，怒曰：『魅敢猖狓！我不殛，後終爲患。』

次日，築壇建法，白生聞之色沮，向錢曰：『我合休矣。』泪雨下。錢大驚，白曰：『天師將誅我，罪不可逭。君家白玉瓶，希世寶也。可念曩日情，斂骨骼置瓶中，瘞路側，樹以白楊，得潤雨露，雖千秋，神氣不戕。』錢諾之，惋痛殆不可説。急至壇下，得靈蛇骨一具，如所言埋之。

## 紹興府頭門棺

紹興府城五雲門，即雷門也。城樓有鼓，聲聞洛陽，故名雷門。及鼓破，見三白鶴，冲天飛去。載於郡志。門側一劍，插石罅，鉎寒鐔削，不知幾何年矣。

有力者撼之不動，亦不折。府署在鐘山麓，對秦望，形勢壯麗，頭門頗低小。康熙五十五年，知府某改造之，揭起階級石板，見地中四銅索懸朱棺一，繫兩傍石上。急以石板蓋之，然地勢增高，非舊日規模矣。及工竣而城上劍忽飛去，不知所在。

## 巧令

有馬姓、陳姓、張姓、牛姓、西姓五人共飲，行令要杜詩一句，四書一句，内帶本姓『六才子』〔一〕一句。馬曰：『春濃停野騎，馬不進也，一鞭殘照里。』張曰：『當代論才子，堂堂乎張也，偷花手還準備折桂枝。』陳曰：『錦鯨卷還客，陳仲子豈不誠廉士哉？我圖謀你東西來到此。』牛曰：『高商依藥餌，伯牛有疾，我這病要安，除是出點風流汗。』西曰：『絶代有佳人，西子蒙不潔，好殺人無干净。』

〔一〕即第六才子書《西厢記》。

## 陰司誤勾

劉補之，行四，年四十餘，時爲部曹，居京師草廠二條胡同。一夕無病而卒，家人爲治喪具。次夕復生，曰：『昨夜二卒持票勾我，隨往，見一大衙。少傾，有峩冠博帶、黑面長須者升座，呼帶我進。兩傍鬼卒奇形怪狀。不敢仰視，跪曰：「我劉某居官無過犯。」王曰：「誤矣。」旁一吏捧册禀曰：「劉某居草廠三條胡同，今是二條胡同之劉某也。」王急命前卒送歸，另拘劉某。我是以得活。』明日遣人至三條胡同訪之，果有同姓名者卒。

## 古鏡歌聲

嘉禾徐某，客秦川，時正凉秋月晦，旅思凄甚，卧床上不能成寐。忽聞窗前有歌聲，傾耳聽之：『一輪皓月秋江冷，襯粉勻脂憑門勝。竹攢翠簇壓香肩，看取妝完花欲病。誰知故逗團圓影，時嚮香花羞薄命。絳紗裹罷擲床頭，直待郎歸方去整。』徐揭帳視之，見地中出白光一縷，掘之，得秦鏡一枚，晶瑩可愛。

## 燈上美人

中吴張姓，富貴甲族也。元夕張燈甚盛，徹夜縱人觀玩。三更人寂，有書生某過門至廳事，但見燈火大半隱滅，有二美人立於明燭下。生不敢近，注目視之。一吟曰：『宛是相逢洛水濱，藥娥飛下絳都春。尊前唤起歌瓊樹，不覺梁間散玉塵。』一吟曰：『燭釦屏風隱翠娥，霓裳三叠奏雲和。彩蟾影裏分明見，春嚮侯家分外多。』二美人回顧見生，躍上花燈。生趨視，燈上所畫美人極艷麗。乃知吟者，燈上美人也。

## 張秀穀遇仙

康熙間，秀水張秀穀，貧無立錐地，宿古廟中，以賣卜爲餬口計。一夜，聞廟中神相語曰：『明日有仙來，吾等應避。』張心异之。及明，彤雲密布，雨雪交下，不特閑人罕到，即賣卜者皆屏迹。至晚，有四丐入廟，席地坐，各出鮮果，相與酌酒。張窺其果，皆非三冬所有者，竊謂：『此殆仙歟？』趨叩之。四丐笑曰：『我輩皆乞人耳，孰爲仙耶？』張求益力。丐者同張登城上，南嚮指曰：『可從此跳下！』張視之，見火光燭天，有難色。丐又北嚮指曰：『從此跳下何如？』張觀波濤洶湧，終逡巡不敢下。丐相與歎息，留三錢與之，跨水去。張如夢方醒，悔恨無及，仍回廟賣卜。自後與人言休咎，多奇驗，遂至小康，將其廟鼎新之，名曰『遇仙觀』。

## 割背

國初，湖中竹匠沈某，家甚貧。妻忽有娠，孿生二子，連其背。匠以竹片割之，俱存活，一名福兒，一名壽兒，眉目無少异。後山右巨賈某過湖，因無子，遂乞福兒去。越三十年夏，新任湖郡守，將飾官署。時沈匠已死，壽兒習父業，列衆工而趨事焉。人見其貌與守類，俱匿笑不止。守怒而詰之，衆不能隱，以實告。守自窺鏡，貌果與壽類，莫能辨。既而望其背有創痕，大驚，問曰：『汝背嘗患疽乎？』壽曰：『非也。乃孿生連背，割分所致。』曰：『其一何在？』曰：

『幼即繼山西某賈，今當三十三歲。』詢其父母。曰：『母在。』時守母亦在署，遂告所見。守母曰：『昔汝父商於湖，得汝歸。又常言割背事，此殆汝同胎弟乎？我當爲汝辨之。』呼壽至，令守裸而并其痕，不爽銖黍。於是相對泣下，遂迎養其母於官舍。

## 産异

康熙六十年，歸安縣民某，生一子，左目如常人，右目純黑。左視於晝，右明於夜，人皆稱爲日月眼。

雍正十二年，吴江縣士人某，妻懷娠臨産，忽生龜蛇鳥鼠犬羊等類，數計十五，各長三四寸許，且皆活。後始有人形，長六七寸，頭有一肉角。最後方生一小兒，其兒後亦無恙。

雍正十三年，某鄉人沈姓，生一子。初深藏不出，交三歲，人始竊見之，其頭大如斗，身體如六七歲者，不言不笑亦不哭。後不育。

乾隆七年，濮院鎮某，生一子，初産即能言能走，鬚眉毛髮，悉如成人。至兩周，善飯，幾不飽，因家貧，每飡以十碗爲限。

## 瑞光寺塔

姑蘇瑞光寺禪林，去開元寺數十步，赤烏鼎建時，寺塔每夜有光燭天，故遂號瑞光寺。至所稱四瑞山門者，又以唐某禪師説法寺中，有紫竹交歡，白龜聽講，法鼓自鳴，合而爲四者也。其光至國初猶時現焉。每當風旛不動，微月林末，輒見白光一縷，自塔頂騰出，裊娜天際，而開元寺無梁殿頂，亦起光一縷，與塔光相結。忽如菌，忽如花，忽如幢，忽如蓋，忽如仙露盤，漸大如龍，如象，如車輪，五色异態，應接無主。既作聲淅淅如裂繒，然光乃漸滅。居城南者無不見之。逮康熙二十六年間，有遠僧來寺中，乞守塔院，嘗於塔頂誦經。至夜分，猶聞梵聲琅琅，與風鐸聲相應，半載乃去。自後，塔中光遂不復見，而無梁殿亦絶響矣。遂相傳建塔時必有寶物鎮於頂，而爲遠僧盗去，然則是僧者殆亦賈胡、雷煥之流歟？

# 維揚生幽合

維揚某生，望族也，父宦於京師。生幼聰穎，美丰姿，年十四即領郡庠，凡試輒先登，邦人士俱有乘秋鶻鶚之目。其母尤愛憐之，每欲得佳婦以爲配，然窺生意，鮮所可當者，因未果。鄰有富室女，少生一歲，緑髮覆額，娟好如玉人，能吟咏。生偶於復道間望見之，遂屬意焉。恃愛達於母。母曰：『是女吾雖未見，然吾家婢某過園折虞美人花見之，并傳其咏《虞美人花》詩一首，雋雅可喜，是誠佳配。然此事必汝父主。』因書達於父。父怒曰：『牧猪奴乃欲與我結秦晋耶？不可。』生得書，悵怏無已，因作詩托母婢通於女。女覽之，泪涔涔下。蓋是女亦心慕生，如生慕女也。因作詩覆之。自是雲箋錦帨，日相往還。然富室多奴僕，重門嚴扃，無由作合。况事已無可奈何，女遂鬱鬱以死。生聞其棺寄城外蕭寺，因請於母曰：『棘闈在邇，家中多俗事相擾，意欲於城外僧舍作攻苦計。』母從之，令二童子偕往。生留其一，至寺中，即於停柩之東厢寓焉。朝夕焚香設食，夜讀至人静，鮮有不飲泣失聲者。一日，童子偶歸，生忽不見。至三日，杳然。生家疑僧之或有他故而遂致死之也，訟之官。官又得其父書，逮僧至，拷掠無完膚，竟誣服。然屍未得，終成疑獄。適張真人因朝覲歸，過其地，僧之徒往白其冤。真人曰：『是不難，可於汝寺中擇净地結壇，余當親往。』僧因悉召其兩家父母來，法官賫青詞作法者三日，至四日午後，真人自入壇焚香展拜。是日，觀者如堵，俱相視竊笑其無驗。言未已，忽於天高日晶中雷震一聲，衆俱駭愕伏地。若有一物甚大，擲於臺前。衆視之，乃女柩之蓋。遂群至停柩所視之，見二屍在焉。顔色如生，作横陳狀，動之團結不可解。兩家父母遂卜地合葬平山堂西偏，厚贈其僧。康熙二十幾年事。真人，吴門韓太史婿，韓氏言之甚詳。其所咏《虞美人花》詩附録於後：

虞兮歌罷恨難沉，草化菁英直至今。風動未能忘楚舞，露零猶以泣垓心。
根憐赤帝炎威逼，花濺烏江劍血深。縱使重瞳愁盡釋，也應開不到淮陰。

# 卷　三

無悶居士編　四香校

## 紅蔭草堂公館

揚州名捕黄姓，捕盗十不失一。偶詣蘇，見一大家門上，粘新紅紙，書『紅蔭草堂公館』六字。心疑當世名公巨卿各有頭銜，即罷職告歸，亦寫『原任』『正堂』等字樣，『草堂公館』非官長可知。徘徊路旁，冀有所遇。漏已二下，忽見兩僕携紅紗燈前導，後一人戴青金石頂，大步踱出。黄讓道，隱迹之。見貴者至一枯井，將燈縋井中，復脱衣覆其上。短衣小袖，行走如飛。兩僕坐井旁。刻許返，手握小包，仍披衣携燈去。黄遂信其官而盗也。明日，寫一『江都縣捕役黄某』手本投於門。有頃，一人出曰：『相公聞名久矣，改日定當圖報。』黄堅請一晤，答以『五更時親自到寓』。黄無奈歸，故鍵其窗户，秉燭而俟。至三鼓後，倦極假寐，甫合眼，鷄唱夢破，見枕下白金三百，匕首一具。黄大訝，急起迹之，則貴人去矣。

## 蛇皮總兵

蛇皮總兵，幼時一無賴子也。嘗黑夜行曠野中，遠見火球二，相隔約半里許，似燈而光更閃爍不定。逼視之，則昏黑無所見，但覺腥穢异常，透入肺腑。始大駭，急拔雙刀舞。初若有撼其足者，入益深，舞益奮，掀天覆海，身隨起落，顛倒瞀亂，不知出路，約一晝夜始定。乃用刀攻其旁，得一隙，透露日光，遂蛇行而出，然遍體已作青色蛇紋矣。始知身從蛇腹出，前所見火球，蓋其目也。自此力逾百倍，後以軍功累遷，授總兵，人呼『蛇皮總兵』云。

## 鴨因

葑門某甲，體素丰偉。適某乙市鴨於途，甲大踏步過去，誤斃一鴨。乙盛怒，永解不得脱，必踐甲乃已。甲無奈，偃卧受足，竟斃。群縛乙送官，置於法。兩人本不相識，以鴨故，遂并命。有無前因，不可得而知也。

## 副國手

紹興童某，學淹博，高文良公館選後猶師之。子某，年二十餘，不能識字。忽猛省，累讀四子書、五經及秦漢以來古文詩，過目遂貫通，類素習者。性恬淡，不欲習舉子業。嘗祈夢韋蘇州祠，見一金色狻猊蹲地，目炯炯射人，張口若巨舟，中藏寶物，瑰异無算。人争前攫取，某最後得棋子一，色黑。覺後頓精奕數，成副國手。

## 自杖

幕客某，忘其姓氏，逢三、八日，每閉户褫衣，自杖其臀。僕隔牖記之，時五六十、三四十下不等。人問其故，茫然不知所對。

## 長舌鬼

韓文懿公未達時，自友人家會考歸，時將三鼓，至四通橋，見一人坐橋上，謂公曰：『此地有長舌鬼，君怕否？』公曰：『不怕。』其人即吐舌，繞公身及三匝。公以火燎之，忽無所見。

## 刑天

遼東李河臺，名奉堯。嘗獵塞外，見一物，人立無首，乳爲目，臍爲口。此即《山海經》所謂刑天歟？

## 改狀元

秦簪園，名大成，與其中表某赴會試。夜夢至文昌宮中，適關帝至，問：『今歲狀元何人？』文昌以某對。忽見一婦人跪帝前云：『某爲我夫弟，夫死後，某凌虐備至，憂鬱致死。』文昌曰：『此人短行，奚可大魁天下！特上帝選才甚難。殿試已近，誰可易之？』關帝曰：『查後科何人？易之，申奏未遲。』有一吏捧册，跪進文昌曰：

『今歲且以秦大成爲狀元，惜功名豫得，未免減算耳！』是歲，秦果第一，某竟落第，未幾死。簪園主講平江書院，每舉以爲諸生戒。

## 吏部夫人

韓慕廬先生總角時，有舅氏姊祟於鬼，莫能治。一夕，女忽聞鬼語：『明日韓吏部來，吾輩當謹避。』女告父。明日，先生奉母命來省姊疾。舅述所聞，即以女字之。先生曰：『舅氏有命，敢不敬從。』遂舉案頭硃筆，書『吏部夫人在此』六字，粘貼於壁，由是病遂愈。

## 罔兩

吾郡張補梧前輩，少負膽氣。嘗夜出衛巷，漏三下，四無人聲，月色暗淡。瞥見一長人，踞牌樓而坐，足垂於地，腰以上模糊難辨。僕某携一燈導前，亦見之，驚走欲僵。張至，乃斂。此殆所謂罔兩。相傳見罔兩必貴，張舉孝廉即歿，豈見其履不見其冠耳？張歿，僕更落魄，又出張下矣。

## 柳樹大王

有客寓京口，飲於肆，行吟自得。見道旁柳樹，大可七八圍，高插雲際。戲以佩刀刻字於樹曰：『此柳樹中大王也！』後越十數年，過其地，見邃宇高堂黝堊，丹渥顔書『柳樹大王廟』，祈無不應，香火蓋極盛云。

## 花神

昆山花神廟甚靈异，桃李滿庭，花時常一枝作紅白色。有某生入廟游玩，戲指執桂一神曰：『余娶妾，貌當類此。』即刻僕地嘔血，卒於寓。

## 瓜中人

有某甲者，偶行郊外，見墜鳥折其翼，抱歸飼之，逾月釋去。後鳥銜瓜子墜於庭，不數日，引蔓生花，瓜熟無計，累累如五石瓠。剖之，子皆瓜子金也。甲由是以富稱。有某乙，本素封家，艷其致富之易，詰之，得其故。覓一鳥損其翼，一一效彼所爲。迨其播種後，乙遂以富自居，累裀列鼎，傾囊買輿馬，娶姬妾，不顧床頭金盡矣。但芽坼者約半載，延蔓者七八月，俟其開花結實，已二歷寒暑，而乙之豪華如故，家遂日落。妻頗勸其節省，乙憤然曰：『甲之所以不能富蓋一鄉者，以所結之實多，故所獲金粒小而少。今圃中衹結一瓜，大已如瓮，天地英華，人間富貴，皆團結於此，刺刺何爲？』遂盛氣摘瓜剖之。甫奏刀，黄色已露。乙方目炫神迷，而皤然一老自縫中躍出，盤旋几上，羽扇綸巾，神貌蒼古，作小語問乙曰：『我來看你如何耳。』乙大駭，不知所措，轉瞬間，老者不知何往。

## 火神和事

玉峰城西有徐姓者，妯娌孀居，分爨而仝户，素不睦。一日，娌舍不戒於火，妯驚訕其娌曰：『好人得好報，天道不爽也。』翼日，妯舍亦火，倍於娌。娌且驚且喜，不忍出諸口。妯曰：『此是你家遺下火種，故累及耳。』越三日，兩家同火，妯意漸解。後一月内，迭焚六次，而妯娌間竟和好倍至。遇旁風上雨，轉嚮慰籍。後妯破涕爲笑曰：『此火神要我等和事也。』里中傳爲奇聞。乾隆壬子三月事。

## 好人受横財

涇縣令寧公，名貴，前宰婁邑時，撫民馭吏，大著循聲。一日過城市，見一飯店門首蜂聚數百人。公詢之，知有鬥毆事，立喚差訊，拘一壯者、一老者至。壯者曰：『吾進店吃飯，有銀兩封，計重百兩，安在桌上，此老係同席對坐者。我因出門匆急，遺失於此，待回店去尋，已被此老竊藏一封，是以吵鬧。』老者曰：『頃時吃飯時，銀子本係一封，後渠忘却，我等渠來尋，指點交還，此乃衆目所擊，若欲藏過不與，何不并此藏之？且係客店，無處可藏！』公搜之，無所獲。詢店主，如老者所供。公知壯者恃凶索詐，叱之曰：『你的銀子既是兩封，這五十兩不是你的。此案我與你另緝，現在之銀，你不得取去。』隨喚老者，將銀賞之，曰：『你可領去。』老者固謝曰：『不義之財，取之有禍。前曾道旁拾得四伯文，即遭大病。此銀斷不敢領。』公曰：『吾有一法，使你安享。』命皂隸薄責五板，曰：『你悔氣去矣，用之不妨。』回顧壯者曰：『他與你同桌吃飯，兩封銀亦非纖屑物，何故毫無所見？責處是他應得的。汝出静候本縣查緝。』壯者目瞪口呆，不敢發言。一時觀者無不稱快。

## 禽鳥得氣之先

康熙間，相城田家畜一八哥，甚馴而善語，常往田中招力作者歸食。忽一日，言夜夢不詳，不肯去。婦擊之，不得已飛出，遂爲飛彈所中。又乾隆十年四月初十，吴中書院巷口有一老樹，鵲巢其巔，是日悉毁巢遷去，一似有所迫者。人莫解其故。夜半，火燒四五家，樹亦燼。謂禽鳥能得氣之先，信夫！

## 栖真堂

淮陰城西有栖真堂，本名真武。明永樂中，言有一道人，蓬首垢面，短褐穿結，以杖荷蒲團求宿焉。衆不能却。夜不寐，與衆談，忽於長明燈下睹所挂殿額，謂衆曰：『真武乃北帝諱，不宜直書，吾爲子易之。』案上有敗穎，即卷袖沾墨，伸紙疾書『栖真堂』三字，筆已若敝帚而字姿媚躍出。衆始疑非常人，固請留款。道人遂復書一絶云：『回翁昨夜寫栖真，添得仙家萬解春。我暫留雲揮翰墨，蓬萊何處覓丰神。』書畢，寺鐘鳴，天已曉，倏不見。衆乃悟即吕翁也。

## 活閻羅

明末，蘇州鄭生某，好讀書，寡言笑，不苟取與。其自勖勖人，必本於忠孝。家甚貧，以訓蒙爲業。至午後，徒悉散去，即於一室，閉户危坐，雖顯者至門，亦不得望見顔色，時人俱目爲狂生。後有鄰父病革，爲其子曰：『如我死，可取布四匹饋鄭秀才，彼必不受，然務强納之而後已。』父卒，子以爲亂命。夜復夢父促之，如前言，遂抱布往。鄭果辭。子泣拜曰：『此先父命也，先生奈何陷人不孝？』鄭不得已，留其一而歸之。至數日，鄭忽謂其妻曰：『余向以正直得聽斷冥事，今爲受布一節失出，上帝怒余徇私受賄，罪不可逭矣。』言訖而絶。

## 吃墨汁

康熙年間，吴中一士人家乩仙極靈。時秋闈將近，有數秀才往叩。忽乩運如飛，書：『黄魯直到。』衆愕然，私議曰：『山谷爲人耿介，豈宜告以所求？不如退回另請。』因群言曰：『弟子輩請洞賓祖師，先生毋勞降駕。』乩亂，遂不動。傾書：『吕洞賓到。』衆喜曰：『祖師來矣。』各陳衷曲，長跪而聽教焉。乩忽云：『衆舉子研墨汁一盤聽用。』既研就，復云：『衆舉子速將墨汁共飲之。』衆不得已，分呷殆盡。乩遂大書曰：『平時不讀書，臨場呷墨汁。我非吕洞賓，原是黄魯直。』

## 林酒仙

順治初，吴中有林酒仙者，不知何許人。冬夏止穿一衲衣，長髮椎結，栖宿無定止。乞食市中，得錢即以換酒，自朝至暮無醒。時人俱稱爲酒仙。嘗作歌曰：『癲癲癲，這是凡人這是仙。開眼閉眼要吃酒，開口閉口要銅錢。癲換錢來錢換酒，錢到手時酒到口。一癲之外復何求，酒醒囊空癲在否？』後期年，忽不見，時共傳爲仙去矣。

## 吃烟詩

吃烟至本朝始盛，不但男子盡然，即閨閣中亦皆手執烟袋，呼吸無忌者。一士人作詩咏之曰：『寶奩數得買花錢，象管雕鏤估十千。近日高唐增妾夢，爲雲爲雨復爲烟。』『烏絲裊裊細於綿，點點微櫻紅欲燃。差擬海棠初雨後，凝脂和粉泣朝烟。』

## 尼咏幽歡

洞庭山尼俱美而艶，名若錙衣，行同翠袖。康熙年間，有少尼名素琴者，工小令，嘗咏幽歡《點絳唇》云：『墻短花濃，眼波斜渡挑心事。緑楊摇曳，凑著東風意。笑牠丁香，羞顫雙眸閉。嬌無際，淺迎深遞，攪亂香堆裏。』後與一劉生暱，遂乘扁舟浮五湖，不知所往。

## 陳神仙測字

陳某，江西吉水人，善觀枚測字。康熙三十二年間，僑寓蘇城，自公卿大夫至農工販庶，凡有叩者，陳生掉三寸舌無不奇驗，於是陳神仙之名震吴下。有元妙觀道紀某，眉目秀朗，欲往試之。易俗家鮮麗服，乘四人輿，跟隨六僕，造陳寓拈字卜終身。陳已知其匿影藏形，故作詼諧語，伸紙疾書，極稱其應入清華之選，列侍從之班，袖惹爐煙，佩依卿月之美。道官及從僕心竊笑之。陳忽作轉語曰：『惜華蓋太重，不能夜半朝金闕，祇許三更禮玉虚。』道官呀然失色而起，曰：『先生真神仙也，吾不敢請矣。』觀者如堵，皆爲咋舌。一日，有人脱指上象牙扳指擲几上曰：『願求教。』陳曰：『子非行伍中人乎？』其人曰：『先生見扳指而知我也。』陳曰：

『此非汝物，汝奉差而來，可去令汝本官來。』其人逡巡退縮而出。少傾，弁至，所問者輒中。弁曰：『請至署中，别有求也。』坐陳於内署中堂，弁曰：『賤内終生乞先生指示。』見簾中擲出金簪一枚，鏗然有聲。陳曰：『簪頭上飾金，貴重之品。「簪」爲一字，是一品夫人無疑。』弁大喜。陳曰：『尚有後言，當屏左右談。』陳曰：『「夫人非結髮乎？」』弁曰：『續也。』陳曰：『君何娶有夫之婦？』弁大駭。陳曰：『「簪」字中間兩「夫」字，是以知尚有一夫也。「日」爲太陽，爲夫主，今居在下，君懼内亦至矣。』弁曰：『吾不敢隱，此婦爲麾下小兵某妻，吾見其美而艷，另娶一婦以易之，未識將來無害否？』陳曰：『「竹」爲「算」字之頭，恐小人暗算，可與金帛遣之遠去。君明年升遷，將來官至八座，夫人誥封，可异也。』弁厚贈之，後悉如其言。杭人徐醉樵，時與同寓，問曰：『先生得非管公明乎？』陳曰：『此宋謝石先生遺書二卷，有一伯二十字頭，熟而精之，吉凶、禍福、成敗、利鈍，可以澈天地而通鬼神，非天資穎悟機警者不能學。吾走江湖數十年，唯子可以傳授，能從吾游乎？』時徐未弱冠，志氣方盛，以家有老母辭。陳曰：『吾固知子之不可也。』歎息而去，後不復見。噫！術至此，亦神矣哉。

# 雲英

沈某，山陰人，世爲名將。明崇禎年間，沈爲陝西游擊，闖賊作亂，上將督沈引兵剿賊。沈方抱病不能起，欲辭官，恐罹罪，羽書旁午，憂懼交并。女雲英，年十九，妙麗無匹，有力如虎，幼習武事，夫妻愛之，掌上珠也。一日，上將差官促沈行，雲英請於父曰：『事急矣！女改戎服代爲出征，倖獲一捷，未可定。』沈不得已，從之。檄將士曰：『吾疾，令子代，其各聽命。』雲英帶兜鍪，被鎧甲，穿戰靴，囊弓矢出。領兵前進至某山谷口，與賊將某遇。雲英策馬奮先，賊兵矢如雨發，雲英手舞兩劍，如白電繞身，不受一鏃。賊驚走，獲捷。上將喜，令屯兵某處聽調。雲英在軍中講陣法，治械器，練士卒，不少懈。率兵四出救援，無不獲勝。賊相戒曰：『沈家少年兵不可輕敵。』居一年，沈病卒。雲英聞訃，乃引兵回，入內卸甲，髽髻孝服，哭拜父靈。麾下將士始知雲英女子也，一軍皆驚。雲英扶櫬歸里，葬其父，適人。蕭山毛西河爲作傳，有『裙被馬腹浥似桃花，齒嚙箭頭碎爲菰葉』之句，叙其事甚詳。乃知彎弓征戰作男兒，不獨木蘭也。

## 披麻星

蘇州某家爲子娶婦，或訟其日有披麻星過度。某告日者，日者謂得文曲星解。娶之日，有某生飲於座，醉歸，路遇麻衣婦人，且泣且奔。生心异之，詰所往。曰：『將至某家。』生曰：『渠家有吉禮，凶服不可往。』固曳之。婦大號，逾時不見。生往述其事，咸相叱异。不數年，生固成進士第一人。俗傳進士第一人爲文曲星。

## 梅隱庵

蘇州盤門外梅隱庵，一小精舍也。僧名梅隱，好藝蘭蒔花。手植盆梅一株，椏叉鐵色，瘦蛟盤舞，花時繁英歷亂，芳香襲人，於銅坑孤山外，别具神致。蓋僧朝夕手撫，寒暑不輟，三十餘年矣。過庵者咸愛之，不可奪。僧與某爲方外交，甚善，常相往來，每欲乞梅，僧靳惜之。一日，持精結細布四匹贈僧，乞梅。僧不得已，許之。某得梅喜甚。僧因失梅，鬱成病，未幾圓寂。半年，某夢僧自外入，旋報生孫。及周歲，面貌如僧，旋痘殤。後又夢僧至家，又即生孫，面貌與僧無二。某曰：『恐亦難育。』不數月，殤。後又夢僧入，遂生第三孫，三月殤，貌仍類僧。某歎曰：『必僧之眷戀於梅，而不能忘情也。』乃折梅一枝以殮，祝曰：『還汝梅，不必再來矣。』遂送梅於庵中，未幾，梅枯。

# 卷四

無悶居士編　友梅校

## 龍旋沚

郡城報恩寺在卧龍街北，因又名北寺。寺故無塔，後一僧名志海，飛錫寺中，言自西竺來，形容奇古，戒律精嚴，終日不飲食。問之，曰：『吾國以蓮花爲父母，是胎而辟穀者也。』性好浴，無間寒暑。值歲大旱，僧大言曰：『我能致自雨。』遂自剪圓紙粘室中，又封窗户，使無一綫隙，趺坐商喃作梵語。無何，天地晦冥，倏若暮夜，而僧室中金光烏彩悉從圓紙射出，不可正視。乃以盂水嚮空潑之，掣雷奔雷應手而集，狂霖若澍，遠近沾足。始入室中，去所粘紙，雲開日見，蓋已自午至酉矣。以故郡人莫不感敬。某年忽創議曰：『卧龍街，龍形也。以府學爲首，泮宫前二井爲目，惜無尾，宜建塔北寺爲尾，龍體乃全。』信其説，遂斂金庀材興土木焉。僧命仿金陵報恩塔作十三層，衆唯唯。造至九層，塔院中忽有水一綫從土中出，掩之不止。僧來曰：

『此地脉也。』伏而呼之，頓止。衆益以爲神。時有寺僧早起入塔院，見一道人坐塔中。僧訝其早，詢之。曰：『吾爲救一方生命來也。』僧怪其妄。道人曰：『爾師非人，孽龍也。彼欲造此爲宫，以遂所欲。夫金陵山多土厚，故能載十三層塔。此地土薄，今造九層，地脉已泄，再層累之，大水立至矣。』僧大駭。道人問曰：『爾師好浴乎？』曰：『然。』『爾師浴必冷水乎？』曰：『然。』曰：『是矣。子俟其浴，試以沸湯潑之，當有明驗。此物有求雨一事，全活頗多，余亦不忍殺之。』言訖，道人不見。時方盛暑，海當浴，僧提沸湯拂闥入，直澆其頂。海躍起，破屋而上，化一黑龍，蜿蜒東逝。至葑門外墜於田，略一屈伸，地陷巨潭没焉。郡人目擊其异。今塔止九層，所陷潭名龍旋汕。

## 蛛火

江右某翁，富而横，鄉里側目。中年得一子，性絶敏，延師訓讀，弱冠游庠。逾年舉於鄉，聯捷入詞垣。而翁以子貴，益無忌，搆訟通賄，殆無不至。二三年間，翁益富，子益貴，自謂榮寵無替日。大巡至省，首治土豪，廉得翁父子迹，彈章飛上，倉促難挽。翁夜悶坐齋中，忽梁上一蜘絲，直墜燈焰上。翁以手揮之，火隨絲而起，頃刻屋宇灰燼。正驚悼間，京師信至，其子已落職治罪矣。一慟而絕。

## 男妾

平江某廣文，晚年乏嗣，欲置妾，苦無資。因嚮人輒言：『有色美而價廉者，余即聘之。』年餘，少所可。一日有媒媼來，自言：『家住樂橋北，近浙中有老婦携一女僑居余舍，色藝雙絕，渠因漂泊無依求樂土，非居奇貨也。』廣文大喜，遣家人物色之，果如媼言，遂諏吉舁至。雲鬟高聳，蓮步輕移，真麗人也。是日，置魯酒延學中友飲。漏才二下，廣文微有欠伸意，忽婢踉蹌出曰：『新姨不知何故，張惶失措，欲逃脫者數矣。』廣文大窘，入内詰其故。默不一言。汗透朱顏，粉香微濕。廣文憐其弱齡，好言慰之，并令其與夫人同宿。甫着枕，蟬翼頓脱。夫人大疑，探手入袴，昂然偉器也。遂鳴於有司，杖而遣之。

## 雷神最巧

世傳雷神最巧。夏日，有數人環聚呼盧。忽雷電交作，一人戲持投子祝曰：『雷神最巧，助我一擲不同！』擲之，果一不同。又一人金將罄，方傾囊作孤注，詬天喚地，惡態萬端，亦如某所祝。忽霹靂一震，頭入桌下框檔中。同人大駭，跪禱乞免。霹靂又震，頭乃出。

## 火厄

吴中某家買幼婢，婢入門，號哭倍至。或爲離親故，亦兒女子常態。後終不安，召父母遣去。父母詢故，女曰：『渠家上下大小莫不枷械縲絏，拘攣如囚，日落都變鬼形，可怕。獨一小兒不變。』父母亦不信。不數日，某家火起，盡燒死，唯小兒獨存。

## 老郎行教

平江有少年，好作優孟戲而性絶騃。同人皆厭笑之。師百端指授，頑鈍自若。少年憒極。一日有人邀衆作劇，衆預期演習，爲此日喝彩地。適少年至，群嘩曰：『汝伎倆止可媚床頭婆子耳，來何爲？』少年大窘而返，遂自誓曰：『我技不絶頂，願即死！』夜怏怏坐，忽有偉丈夫，帯唐巾，披鶴氅，飄然至前曰：『汝欲作劇，盍從我去。』少年欣然隨之。至一處，見數人演雜劇。偉丈夫曰：『汝學此關目，無往不宜。』遂一一默志，怳惚醒來，則坐燈下也。追憶夢境，歷歷在目，即床頭演習，無不中度。喜極不寐，天纔曉，至局中呼曰：『老郎來矣！』衆益嘩，而少年則施施登場。師見之曰：『异哉！何前拙而後工也？自今請雖吾技聽子而行。』

## 燕尾子

燕尾子者，豫兖間響馬賊也。初爲蕪湖關役，身輕捷如燕尾。善泅，偶見客船上鑼落河，入水攩得，行十數里出水，以鑼貨於他舟，由是得志。乃去役爲賊，一日能行三百里，力舉百鈞。每至一處，必娶婦生子。越三四年，殺婦及子去，以故莫能踪迹。有諸城二捕，奉差往豫捕燕尾子。遇於店，捕不之識，轉爲燕尾子所覺。俟醉後，得其移文。燕尾子乃殺二捕，來諸城投到下獄。及明，失燕尾子所在，而邑令枕上留匕首一具。令大懼，不敢復捕燕尾子矣。後山東巡撫某公，必欲捕之，差武弁二，易丐者裝，遍迹無影響。日至一村，見四野寂静，無鷄犬聲，茅屋數間，亦無鄰宇。有少婦倚門，弁前乞食。婦曰：『爾輩非丐者，爲燕尾子來乎？』弁不敢應。婦曰：『我非他，即燕尾子妻也。欲殺我者屢矣。明日彼將去，我欲今夜醉殺之，慮無應者。少間爾輩門外伺之，倘飛箸出，事可圖之。但須更帶百人，伏屋上門側。』弁始諾之。燕尾子歸，婦托母壽，飲以酒，勸勸極醉，僵卧地上。婦飛箸出，一弁突入，舉石灰囊擊下。燕尾子一手揮之，囊反壓弁倒地。燕尾子起，後又一弁抱住，挣脱抵門，門塞，欲騰屋檐上，鑽斧齊下，傷其右肱，乃就縛。衆去未半里，見茅屋火起，婦自燒殺。

## 家家好

客某游中峰，時值亢旱，望雨甚切。忽有小鳥數十，黑質白章，喙如鳧，鳴曰『家家叫』，化音了如人語。山中人嘩曰：『此旱怪也！』競奮槍網，捕殺數頭，天雨。明日，此鳥仍鳴，聽之，變爲『家家好，家家好』矣。

## 食信不死

徽州某久病，百藥無效。日值端午，索飲雄黄酒，妻飲之。逾月病頓瘳。偶見几上有信一塊，謂其妻曰：『何來信石？勿令兒輩弄。』妻曰：『誰謂信石？前日入酒餘之雄黄也。家人多飲之。』某諦審之，并非雄黄，實信石，大訝。食之不死，不解其故。

## 牛頭廟

福建牛頭廟，邪神也。青面赤髯，兩旁羅列鬼卒，盡相窮形，尤獰惡可怕。神不司禍福，專主斷袖餘桃狎昵之事。祭者極盛，日凡百計，必以猪腸生塗神口，取血食意。人有所慕，得其生年月日，寫安神像足底，雖千里迢遞，無不如願。後閩縣李公蒞任，悉毁其像，祀關聖焉。

## 杜鵑花

有戲法於京師某宦家，多屬搬運術。座上客難之，見堂中十三臺杜鵑花一缸，問：『能攝至乎？』曰：『能。』客陰使僕守之。僕端坐凝視，不敢展側。久之，花不動如故。僕以爲不能攝矣，正私念間，忽梁上垂一巨蛇，急呼侶，至則花與蛇俱失。杜鵑花枝葉相格，一層曰一臺，愈多愈貴。

## 摩頂髮白

客某游保定府，夏月納凉於大堂軒下。夜半有狐至，搜食籠，見熱鷄二，大啖之。後群狐扛某於庭，一狐摩其頂曰：『好大頭顱，可惜無一莖白髮。』言訖而去。客佯寐僵卧，不敢發聲。明日起視，則頂後摩處髮盡白。

## 俞三娘

盜者俞三，設客寓於邯鄲道上，妻三娘尤能媚人。客有入店者，必令三娘出陪，清歌侑酌，狎昵倍至。比醉夢模糊，則隔牖探黄麻圈套頸上勒殺之，客死無算。幕客某宿其店，俞入問曰：『旅店寂寞，可唤媳婦兒來唱曲？』客曰：『不必。』俞曰：『暖酒來罷？』客曰：『不飲。』俞見酒色不可動，遂反身出。明日客去，俞曰：『房錢小錢二吊。』客曰：『安用如許？』俞曰：『買命錢不貴。』客駭其語，不得已，如數償之去。閒語山東某令。令入京，道過邯鄲，適館與俞店近，遣人召俞。俞他出，其子至。子才七八歲，令與語，啖以果餌。少頃俞入，挽子竟去。令叱曰：『何來莽漢？』俞曰：『莽漢你不能管我。』令大怒，縛送官。俞至官則所供皆平日殺客狀及客姓氏，蓋冤鬼附體也。一款而服，夫婦皆棄市。

## 慧兒

虞山生某，年弱冠，貌韶秀，性甚佻達。因父母相繼没，依舅氏某家。某居蘇城，有女慧兒，年及笄，曼麗無偶。幼嘗讀書，能吟咏，兼工小令，黄九秦七，意頗自許。某愛同掌上珠，爲築小樓居之。樓三盈，四圍都植花木，如梅，如桃李，如桂，如荼蘼、紫藤之屬。花時，嫣紅膩碧，芳嗅襲人。中列文具，棐几湘簾，無不精雅修潔。生居逾月，未得一見慧兒，心甚慕之。

日見某徘徊於庭，有憂色。生詢之。曰：『爾妹偶有小疾，是以煩耳。』曰：『妹有疾，甥當愈之。』生固不省醫藥，妄爲是言，冀得見慧兒。某聞言大喜，遂引生登女樓。女不可風，隔幔出腕，令生診。生以不識盧山真面目，意殊怏悒，遂匆匆診罷，出僞爲某曰：『妹觸微疾，一劑可愈。』於是，腸角蝎蹶，撮成一方。女飲之，及明果愈。某甚稱其能。生意某必令女出謝，而某殊澹然。及晚，盛設肴核，酌酒揖生曰：『忝居親串，一杯水恐不足報橘泉惠也。』生不得已，盡數盞辭出。獨坐不寐，見微月印窗紙，竹翠摇動，生乃出户小步，忽聞吟聲，心异焉。尋聲而至，落紅一徑，餘香拂來，架上薔薇花矣。偶舉首問，覺已至樓下，隱隱吟聲仿佛如天際吹落。生意吟者慧兒無疑，側耳墻角，音漸不可辨，但聞末後有『關心兩字是鴛鴦』之句。生得此句，一夜不能成寐。天甫曉，即步至樓下。良久，慧兒起，推窗理曉妝。生窺自樹影中，枕印猶紅，鴉雲半亸，洗盡鉛華，得見美人本色。生目耀神迷，意不自主，遂倉皇出。

一日，某因事赴浙，委生庀家務。生竊喜出入自由，漸與慧兒近，暇輒挽慧兒論詩。慧兒意少所可。生笑吟曰：『「鴛鴦於飛」何如？』慧兒若不省，曰：『亦祇平平。』生曰：『此詩特佳，妹自不關心耳。』慧兒意有所覺，面微頳不語，低首拈帶而已。生欲犯之，女叱曰：『男女相慕，人情也；踰墻相從，非禮也。』生曰：『非敢孟浪，余慕卿色，亦愛卿才，敢乞墨瀋餘香作曲流紅葉，則願兩足矣！』慧兒唯唯，即舉筆寫《如夢令》一調與之，末後有『惆悵惆悵，芳草天涯人往』兩句。生惡其讖，慧兒已入室矣。及某返，慧兒令生請於父，生諾之。越數日，慧兒又促生，生曰：『余所不遽白者，蓋有故。余一介書生，身無立錐地，家無擔石儲。母舅愛卿，豈肯令作貧家婦耶？』慧兒問需若干，生曰：『非千金不可。』慧兒如數與之。越數日，生托故辭去，陰告慧兒將歸營屋宇而遣媒議車焉。

生歸，有無賴子數輩拉作狹邪游。生日事狂蕩，遂忘慧兒事，不半載，囊已罄矣。慧兒日望其至，杳無音耗。一日，有虞山客來，慧兒竊喜，心録媒者，乃屏後聽之。知爲生族叔，并不談及婚事。具言生自往歲歸，不知何處得來千金，浪擲迫盡矣。女聽之大驚，知爲生所誤，悔恨無及，又恐父廉其事，遂一慟自經。

方女之死也，生猶戀紅樓好夢，忽見二鬼卒持票拘生，言爲慧兒所控。生問：『控何神？』曰：『控本處土地。』生曰：『奈何？』鬼卒曰：『汝具牲酒獻，事可緩。』生醒，訪慧兒凶耗，大懼，乃即具牲酒，禱於神。數月，卒無恙。一日，生獨坐，見女闖然入，詈生曰：『負心賊！始賺我，終棄我，既取我財，又速我死，狗彘不食汝餘！今我控上帝，敕關聖施行，豈汝豚蹄奉所能乞免者？』言訖，女遂不見。忽雷電交震，將生攝空，屍裂而墮。是日，土地鬼卒，亦爲雷擊。

## 續髮

趙霞門言：夏月有二人納凉於軒，忽雷電淫雨。一曰：『雷將擊你。』一曰：『擊你。』方相戲間，忽霹靂一震，二人攝去，餘雷轟轟，滿室作硫磺氣。家人擬二人俱爲雷罣。少間雨歇，聞屋後呼聲，急往視之，則二人懸樹間，髮縷縷相續，無一結痕，以刀斷之乃下。

## 盲詞制義

一生消暑無聊，偶閲盲詞，後往應歲試，題係『赤之適齊也』兩節文，於中渡處忽作二語曰：『豪華公子休提起，且唱爲官得禄人。』出語同人，意頗自得。後榜發列四等。此與『亡人無以爲寶』題文有『舅犯出班奏曰』同一發粲。

## 呑財害命

吴中一士人家，妻産，召穩媪至。媪乃鄰近素識者，浴畢即令取兒衣於廚。廚有銀五十兩，妻不知，媪得之，藏於胞壺。胎衣多收一壺。適士人歸取銀，銀亡。妻方坐蓐中，瞀亂不知所對，乃群叱爲媪所竊。媪極口賴脱，指天誓日曰：『我竊此銀，合門死；爾賴我竊，兒當死。』遂去。及三日，俗例必令媪覆浴，媪托病，媳至。浴罷攜胞壺去，兒遂大號死。人初不疑浴故，謂應詈語也。是夕，媪家火，一門四口盡燒殺。及明檢媪屍，背有朱書『呑財害命』四字，遠近聞其异。時兒屍未殮，檢之，臍有巨針焉，始悟兒爲所殺。

## 水轡頭

虎邱游人四時不絕，唯冬季稍衰，然亦有買舟賞雪者。春日賞牡丹，秋日賞桂，夏日納凉，無日無游，無游無名，而莫若端午、中秋。弓鞋印月，粉蝶隨香。堤上游人如蟻，堤下游船大者沙飛，次則蕩河，次則關快。珠簾綉幕，塞斷河堤。至艤舟處亦如一鬨之市，趨之如鶩。更可笑者，關快數百支往來如風，號曰『水轡頭』。八人雙槳，賭捷逞能。一時輕薄少年倚醉歌狂，夜分不倦。故友人某有《竹枝詞》曰『駭綠紛紅看不盡，月明猶喚再摇摇』之句，蓋深疾之。庚戌端午，一關快船，一客兩妓一媪，出冶坊浜口。艪枝初發，如駿馬絕塵，不及控禦。舟覆，皆墜水，急救之，唯一媪得活。舟人荷校榜於通衢。辛亥中秋，聞去年舟覆處又覆舟，舟即去年荷校人舟也。事亦奇矣。

昔友人有《噴飯集·虎邱俚詩一百首》，四時之賞，七里之勝，皆記以詩。《曉景》一絕云：

怡賢古寺曉鐘催，柳暗桐橋户未開。獨有賣花人早起，濃香和露入城來。

《冬景》一絶云：

佳節時過十月朝，山塘寂静漸無聊。山僧猶接輕裘客，丈室烹茶木葉燒。

《清寧齋》一絶云：

山塘橋畔舊清寧，佳製長生酒半瓶。膏藥吴中全未效，過江北去用偏靈。

《姚家瓦器》一絶云：

姚家瓦貨列千般，響擊丁當聽未還。莫怪青州有麴海，酒罈堆積也如山。

《耍貨》一絶云：

紅紅白白擺玲瓏，打鼓孩兒放犢童。撿得幾叢思底事，夢回阿妾索薰籠。

詞雖不工，情事皆實，惜不獲見全豹爲憾。

## 蠱蛇

有客廣西娶婦者，將返，訂三年期。臨行，婦入厨治麵食出。客心疑必下蠱，嚮婦曰：『我喜食酸，可取些子酸來。』婦入，客即棄麵地板下，比婦出，曰：『已食之矣。』婦不疑，遂歸。後越五年，往見婦，婦驚曰：『汝尚未死耶？』客曰：『汝下蠱耶？而豈知我亦有解蠱法。』掘地板令視之，則巨蛇無數盤結焉。

## 叫中

乾隆癸卯科，太倉轉魚墩夜有鬼叫曰：『轉漁墩中二三名。』後果驗。

# 卷五

無悶居士編　南雅校

## 肥香生

廣西肥香縣汛兵，本旗籍，妻以艷稱。隔村數里有少年生素佻達，春日郊游時，女郎踏臂連袂，來往如織。忽聞京語喃喃，從碧桃花出。時已抵暮，遥望短墻中，隱隱見艷袍窄袖，握三尺許烟管，掠枝上蝴蝶；繼似美宋玉窺東隣妹子者，某急趨前審之，乃一少婦，身作滿妝，椽梯摘花。脂唇粉面，與花光相映，徘徊間已撤梯下矣。生心知爲營兵妻，朝夕過其里，月餘不復見。後偵知營兵好博，欲交好之。日過博場，營兵每囊罄，必解杖頭錢相贈。兵慨然曰：『僕在异鄉，蒙君青眼，願爲异姓兄弟。』生大喜，年少於兵，呼兵爲兄。兵拉之歸，呼妻出見，生故辭不敢。兵曰：『乃一家人，復何嫌？』頃妻出，足踏皮毬滿墻花淡紅鞋子，底高二寸許；着蔚藍袍，鵝黄帕環兩肩；拖地鬟雲瑱秀，旁插帶葉牡丹花二朵，比初見時光彩十倍。兵令稱某叔叔，繼具酒肴，極豐潔。生神魂飄蕩，時已暮，因辭醉歸。日就親熱，冀天臺有問津處矣。

後往來數月，兵待之厚。婦亦時出見，貌如桃李，心若冰霜。生自覺悔愧，而情腸宛轉，卒不可解，遂鬱鬱致疾。兵數日不見生至，往瞰之，見生父色甚蹙。兵駭問之。曰：『吾兒朝夕入地下矣。』問：『何疾？』曰：『醫家言結想所致，藥不能效。』兵急入視之。生觸景生感，不覺大慟。兵亦泣曰：『汝所欲，當爲汝兄一言。』生囁嚅再四。細詰，唯太息而已。兵大怒曰：『吾與汝爲兄弟，何見外若此？』生自問將死，得以苦衷達之美人，亦得瞑目。因低語曰：『弟自見嫂後，此心便捉摸不住，名分所在，不敢作他想。今死已晚，夫復何言？』言訖，泪下如雨。兵曰：『此亦大易事，留得身子在，温柔鄉還汝一游。』生伏枕叩頭，顔色頓舒。兵亦喜，歸以意語婦。婦難之。兵曰：『婦人不可外交者，背夫故也。今不從吾言，背夫孰甚？且彼美少年，何忍坐視其死？』婦不語，唯霞光暈頰而已。兵知爲心動，走告生。生已扶床行，聞之，遂談笑如平常。兵屬其頓整精神，毋自誤好會。

越數日，兵沽高粱酒一壺，自鄰鎮歸。見屠者擔肉至，兵素熟，呼曰：『賒與我，明後日來取錢。』乃挈酒肉歸，入門謂妻曰：『吾爲汝約郎君來矣。宜備酒肉，毋負春宵一刻。吾從壁上觀，令彼此不快，今夜不歸矣。』匆匆出門去。婦入房晚妝訖，以肉置爐上，酒擁於傍，凝坐待生至。月上半空，鴻信杳然，乃合扉入，將房門虚掩，秉燭假寐炕上。時譙樓鼓二下，屠者方自城中歸。過其門，念兵日在博場，無處尋覓，遇其在家，便道索錢。遂推扉入，燈光熒熒從房内出，自隙窺之，對壁挂腰刀一，弓箭袋二，几上列燭，東西排杯箸各二，瓦爐上承一小釜，氣蒸蒸，内作細響。坑上睡艷妝婦人，燭影照耀，紅白相間。大疑，料其有私約，輕將指甲彈壁。婦驚醒，低問曰：『叔叔來耶？』曰：『然。』直入前擁之。婦回視，則長大黑漢，髯鬚連蜷，倒覆唇上，駭極大喊。掩其口不止，乃取壁上刀恐之。婦持鞘，鞘脱刀出，傷手撲地。屠者情急，連砍之，荷擔合扉出。兵自出門，遂至生家約之。生喜甚，即行。至途，病後足力不支。適前路有搭車過，其車可容數人，過客不能行者趁之，如吴地航船等。某遂攀綏上車，上有老翁與一少年談因果事，大約如『萬物淫爲首』，『我不淫人婦，人不淫我妻』等語。生聞之，覺字字刺入心坎，汗流浹背，即擲錢車夫，下車竟歸。

是夜天曉，兵回家見户合，恐鴛鴦驚散，徘徊良久。又恐爲鄰人窺見，以手敲户，户忽自開。入房，炕上無人，婦人伏地下，刀擲於旁，血界玉顔。兵大駭，即而悔曰：『吾妻本不肯從弟，用强致死。欲救弟，反殺妻矣。然殺妻而復殺弟，吾不忍也。』遂至縣自首，謂妻不順命，因怒殺死。及檢驗傷處，與所供不符。翌日，生欲詣兵負荊，且明不來之故。至則魚鑰深鎖，鄰爲詳述顛末。生自思不順命者，必是故也。亦詣縣，自首因奸致死。詰其用何凶器及强奸情狀，彼并茫然。喚兵對質，各自推讓，訖無定據。縣并下之獄，凡三易官而獄不決。

後松江戴墨香蒞任，禱於城隍。宿三夜，無夢，悵然而歸。出廟見照墻下瓦礫堆積，停轎喚里正，責其懈慢。忽一人自墻後轉出，荷搭撞轎役首，痛極肩脱，戴顛出。詢之，乃屠者急於趨市，不知有官在也。因大駡：『死囚，該死！』命帶至署。是夜夢城隍謂曰：『吾與君獲得凶身矣。』戴不省。越日，有某千總來見，戴以微疾謝之。明日復來，蓋千總爲屠者親串，因戴前日大駡『死囚』，屠者心疑隱事敗露。入署久不問，益大恐，遂挽千總説情，許二百金爲壽。進見戴，告以故。戴因命案未清，已忽忽不記，又思些子小事，一屠者豈能出二百金？忽憶夢中神言，心大异。少頃，提生與兵對訊。屠者見之，唯觳觫階下，口稱無罪而已。戴故以厲語嚇之，情已隱約言下，一鞫遂服。屠者以强奸致死論棄市，生以起意圖奸例，兵以誘奸例，俱議遣。

松江高紹祖與戴友，述其事於余友顧南雅如此。

## 死車下

蘇州某寡婦，貧不自給，賃居夏秀才性天宅。一子年未周歲，撫養備至。每出門，將兒置床頭，鍵門去。一日偶出，臨近火發，左右延燒，唯婦屋無恙。婦歸，啓户入，則其子方酣睡，無驚容。鄰人皆曰：『此子長大，富貴可知也。』蓋諺有『大難不死，必有後禄』之説。稍長，屋主念其貧，不索脩脯，親爲訓課，名之曰『希璐』。子聰慧异常，過目成誦。十二入庠序，十六舉於鄉。時婦稍可度日。明年公車北上，至泰安，墜車壓死轅下。母聞慘慟，亦自盡。此康熙二十六年間事。

## 清江貨

揚州大東門外鮑姓，當鹾署官庖，久而致富。偶隨督鹾於鎮江，舟過金山，遇風舟覆，身沉江底。聞有水神詈巡卒曰：『此清江貨，帶來何爲？速遣去！』鮑忽浮水面，遇救生船得免。自思當必死清江，自後應役，不肯遠出。會有刑憲巡鹽淮安，欲鮑隨。鮑以前事告。刑云：『汝隨我去，住我船可也。』鮑不得已，隨往。每上岸則命人扶掖；遇大小便，以繩結船頭柱上，手扯之，萬無墜落理。一夕，聞有人喚：『清江貨來矣。』鮑忽腹疼欲瀉，不能忍。踉蹌出艙，仍以兩手扯繩，結忽自解，墮清江閘下。水溜不及救，屍流至淮關乃止。

## 邗溝大王

揚州古稱邗溝，鐵口門外有邗溝大王廟，乃淮揚財神也。殿外一石爐，無頂，以香投之，即成灰燼。爐下一水竅，天雨積水不竭，有沙漲起，水中視之皆係銀沙。康熙間，居人輒借沙淘銀，許願繳乃獲銀。後借衆還少，沙漸隱，借亦無益。説見《邗溝大王廟碑記》。

## 地穴銀杯

揚州鈔關内梗子街地形高厚，去下岸坡子相距丈餘。沿古舊城脚，離小東門數武，有一地穴，方三尺許，口有鐵柵。進柵五六尺許，有二石几，上列銀酒器數事，再入内則昏黑無光。乾隆三年，有徽客負逋，產盡無抵，值歲暮，匿身穴旁。忽聞有聲喚客，窺之，見一道者，白鬚于思，繭袍朱履，坐石几後，問客曰：『汝以此地爲避債臺乎？但汝家無薪水何以度歲？我借汝銀杯兩件，質錢歸，聊以度歲。明年二月，某人還汝某項銀，當取杯還穴。』言畢，兩杯已在穴外，道人忽不見。客一如所言。至明年二月，果有某項銀，取杯還穴，向穴肅拜，起則杯已入穴列故處。由是土人有緩急輒往禱借，後有匪類易以銅杯，禱遂無效。至二十八年，穴忽塞。

## 石樹

嚴州壽昌縣有烏風洞，或云向通天台、雁宕，徑雖縈回曲折，然平坦可走。進行二十餘步，豁然開朗，有佛手柑一樹，碧葉緑梗，柑黄如蠟；葡萄一枝，紫莖翠葉，果累累如散珠。遠望蔥欝鮮郁，華耀可愛，高二丈，近即之乃石也。嘉禾朱拙齋曾至其處。拙齋與吴江薄古研友，古研爲余言之。

## 异乞

康熙間，同郡蔣樹南懸壺於婁門外。有一乞者，偶憩檐下，適里中某持兩餅過，見乞者，即以食之。乞者不遽受，出所乞得錢十二文易之而去。某思乞既有錢何不自買？且兩餅所值四文，今乃三倍其價，何也？心异之，因欲追問，相遞數武，終不能及。俄頃間已至外跨塘橋，乞者上橋，某亦上橋，而乞者杳不可知矣。後某卒，距遇乞時恰十二年。

## 禄盡則死

秀水朱竹垞太史性喜食鴨。幼嘗夢至一處，見池中都養乳鴨，不下萬頭。一童子守之。太史問曰：『鴨何爲者？』童曰：『將以啖汝。』大喜，醒。後疾劇時，復夢其處，見池中祇有二鴨。問童，童曰：『食盡矣。』醒後命庖人勿再進鴨。少頃，太史女歸省，知太史素喜食鴨，烹二鴨進。太史曰：『噫！我禄盡矣。』言訖而逝。

## 蘆中人

舟人某過揚子江，見蘆柴一束浮水上，挽繫艄備炊薪。俄見蘆中突出巨鰻一尾，蜿蜒如臂，舟人食之。明日又一尾出。舟人疑蘆中盡鰻，斧斯之，中裹一屍，盤巨鰻無數。舟人大吐逆，棄之。

## 鬼扮鬼

南雅言：祖時一嫗，陳姓，極誠實。言其母舅某，常熟人，府學門斗。歲除收年規歸，買紙馬數張，過蘿蔔浦，見兩人在前行，顧謂某曰：『此處有鬼，須厭勝之。』某問故，曰：『汝看我。』一人以兩手捧頭顱擲地上，雙眸熒熒。一人吐舌二尺許，與地下頭喃喃作語。某懼，散紙馬覆身上，兩人大嘯而去。

## 蚊烟毒

吴門葉天士，良醫也。夏日偶過磨坊，見健者方擁磨盤，旋問曰：『爾非此地人耶？』曰：『然。』曰：『速歸去，不一月必死。』磨者將信將疑且問故。曰：『爾夜來必用蚊烟乎？』曰：『然。』曰：『殆矣！是物雖辟蚊，然久受其毒不可救。汝速歸！猶及家也。』磨者大慟，即以是日奔歸。至某處塘上，夜昏遇雨，見小舟，求附行。登舟，有老翁坐艙中，磨者默然嚮隅。翁問故，告之。翁曰：『果然，然幸遇我，可不死。』磨者長跪哀之，遂同至翁家。翁飲以藥，浴以水，炙以火，蒸以桶，凡三越月，曰：『可矣。』令入城。適葉又過其處，見磨者勇健如故，因叩之。磨者述所遇，葉即同磨者覓翁所，至則行矣。

## 尊經閣光

梁溪朱藹亭，寓府學，夜出納凉，見尊經閣窗無風自啓，中出奇光五色，盤旋空際，如霞彩虹影，逾時而没。或云閣中多狐出入，有光不足异。

## 刲鴨

有庖人善刲鴨，小刀寸許點喉間立斃。刀常置橱内衣襭中。一日，其子取衣於橱，衣帶刀出，直刺頷下。家人奔視，已氣絶不救，聞滿室皆作鴨聲。

## 僧禮

有貧士游蘭若，偃蹇坐廊下，僧出不爲禮。俄傳一貴者至，見主僧披袈裟、戴毗羅，出迎甚恭。邀入丈室，良久始送出，登車去。僧見廊下客猶凝坐，乃前曰：『居士勿怪，禮是不禮，不禮是禮。』客微哂之，即舉座傍木魚杵照和尚頭着實一下，曰：『和尚勿怪，打是不打，不打是打。』

## 死燭籤上

客某夜行，借宿某家門側。夜半，聞叩扉聲，客起，無所見。少頃，聞内室産一子。客心念叩者必鬼，俗所謂送生者是也。方動念，又聞叩門，内若有鬼應曰：『人已生矣。』外曰：『殆誤矣，此間如何死法？』曰：『死燭籤上。』外曰：『我錯矣。』遂去。客聞言，异之，乃書數字於壁曰：『此兒死燭籤上。』後三年，乳嫗抱兒戲几上，墜地，腹貫燭籤死。衆疑嫗，故欲罪之。後適見壁上所書字，知爲前因，嫗冤乃白。

## 盗僧

有客襄陽者，路遇一僧，擔二小箱，求附舟，舟人不可。客曰：『世外人，料無歹意。』客命載之。行未半里，又一童，年僅十餘歲，亦求附。僧不可。舟人叱曰：『出家人方便爲本，何有己無人乃爾？』亦載之。僧微有愠色，遂亦相安無他。明日，行至某處，地闊人稀，僧與客及童共飯。客先畢，僧亦畢。僧嚮童曰：『你祇管吃飯。』童不應。僧忽拔短刃，嚮客曰：『爾欲死刀下乎？不然，速赴江死。』客大訝，長跽哀泣。僧不顧，按刀叱咤，旁若無人。忽兩箸飛入僧鼻孔中，透腦立斃。客顧童已飯畢，兀坐，有碗無箸，乃知童异人也，因嚮童謝。童亦不言，遽起，以僧所遺二箱投入江，乃曰：『此僧爲盗，唯我知之。迹之三年，今日始得除害，昨若來遲一炊，則客遭毒矣。』問棄箱何故，曰：『此中乃僧之兩徒也，少頃即出。』客大敬服，童徑登岸去。

# 卷　六

無悶居士編　品蓮校

## 第二秀才

休寧西鄉楊某，往應童子試，夜歸，遇少年婦，請同行，楊許之。行數里，指一户曰：『到我家，盍少坐。』飄然而入。有頃，携茶一甌出，語客曰：『請客自飲，甌則置之可也。』遂入。客飲畢，置甌僻處而去。明日，往探之。有老嫗倚門，喃喃詈夜來失去茶甌，必是媳婦竊賣。楊問故，并及甌式樣。嫗告之。楊曰：『在某所。』覓之，果得甌。楊述所見，嫗疑其妄，入問其媳，則媳已氣忿自縊，急救醒，楊遂去。行未半里，見所遇婦猝至，厲聲曰：『與君何仇？而敗我事！渠本應爲我替，今又遲三年矣！』楊素有膽略，竟與格鬥。鬼不能勝，指楊曰：『你不過二名秀才，何凶惡乃爾？』言訖而去。是年，楊果以第二名入泮。

## 紅衣女子

吳聲先，蘇之閶門人。七歲時，見一紅衣女子隨之，或形諸夢，見輒病。及婚十日，又遇紅衣女子。明日，吳忽不見。遍覓之，已死於眢井中。

## 鬼戲

客某野行，日暮無宿所。見荒塚纍纍，不得已，栖樹下。忽聞啾唧聲，蓋説鬼話也。一鬼曰：『看戲去。』群鬼諾而隨之。逾時，群鬼皆返，途次咿啞作聲，似扛物歸。一鬼問曰：『前村某家何事請人？』答曰：『某家兒患腹疼，無藥可治，有能醫者，酬以千金。』問：『何故？』曰：『腹有蜈蚣數百，需用熟鷄兩隻，一置口間，一安穀道，聞香皆出。』及旦，群鬼散。某視地下無數米粒，以松毛貫之，方知夜來所扛之物也。某本不諳醫理，迹往某家，試之效，厚獲歸。

## 鬼不怕咒

妙隱庵和尚施食歸，過府學，進學門，由龍門出。路甚遠，月淡無色，但聞松濤。正昏黑間，若有人曳入河者，大恐，疑此地向有溺鬼，莫被所迷。轉念間，身已落水。口即喃喃不住念《大悲金剛咒》，而鬼殊不懼。後遇過者，救之得免。

## 鬼脚

無錫鄒讓鄉先生，乘月醉歸。見河旁人腿一隻，心疑焉。擊以石，跳入水中。或曰此溺鬼脚也。

## 嚼蛆詩

朋友聚談無關緊要者，謂之『嚼蛆』。或戲作詩曰：我輩嚼蛆者，閑來便嚼蛆。有蛆無不嚼，遇嚼總成蛆。即聽蛆先嚼，旋聞嚼又蛆。嚼完無可嚼，蛆外又生蛆。

## 弗吃死食

虎食人，不論生死。豹則生人攫殺之，死者不食。故獵者遇豹，僵若死，聽其一嗅即去。

## 鷄鳴床下

吴郡王廢基某家偶失一鷄，遍覓無迹。越數日，忽聞床下隱隱有鷄聲，怪之，不得其迹。日值浚井，入井，鷄復鳴。浚井者見井傍有洞，乞燈燭之，僅可容身，行數武，見朱門雙扃，腷腷膊膊，一鷄猶栖獸環鳴也。因携而出。某即殺鷄祀之。究不知爲何所也。或曰張士誠隊道。

## 人油象半月

江北大荒，人相食。客某投一店，食肉包子數十。晚宿他所，有老叟問曰：『前途曾吃東西否？』某曰：『吃過包子，其味甚佳。』叟曰：『此人肉餡也。』某不信。叟曰：『獸油皆作圓圈，人油形若半月。』明日復往試之，漬油於湯，果像半月。大哇而出。

## 楊素井

蘇城盤門外新郭鎮，相傳爲闔閭酒城地，有楊素井，年久失其迹。一日，某家因廒屋蒸濕，米多紅朽，起地板修理，將易新者。見板下古井一，浚之，有石版蓋。某固好事，且誤爲發藏，命工啓之，有橋木一枝，長可丈餘，下插瓦瓶，上蓋算稿。再啓之，又有石版阻之，而某已暈，僕喉腫如桶，遂不敢發。後查郡志，楊素井彷彿在其地，疑即此也。

# 王友蘭

星溪名醫王友蘭，壬子二月病傷寒卒。二日復生，自言至冥中，上森羅殿。第一殿上座白面長髯如常人者，問王壽算未盡何得至此？令鬼卒送還。後作轉語曰：『既至此，當令十殿游畢，俾一見陰間景象。』至第二殿，與第一殿無少异。至第三殿，升階仰視，見上坐者面目五色相間，如日華虹彩，白衣烏帽，凛冽生威。兩旁鬼卒，鳩形鵠面，俱可怕人。上座者見王，厲聲喝打。王一痛而暈，及蘇時，身已在第四殿。上座者亦與一、二殿等，霽顔嚮王曰：『汝家曾祖母節孝題旌，汝祖領帑，未曾建坊，汝其畢乃祖之志。』言下至第五殿，上座者不至如三殿可怕，而與第四殿則有間。嚮王曰：『汝可去也，勿游後五殿矣。但汝復生，非多食石膏，病不愈。』遂命二鬼卒送之歸。途次見一家門首所供家堂，龕内有二老者聚泣。王問鬼卒。卒曰：『此即汝友某家，以子孫不肖，故祖宗聚泣也。』余則歡笑自若。過一橋，見一老者坐於閫，鬼卒曰：『此王友蘭也。送歸伊家，勿令魂魄散去。』及家，則紙錢堆户，哭聲鼎沸。王欲出，老者阻之曰：『不可。』老者即於地上拾銀兩錠付鬼卒曰：『茶意。』鬼卒去。王爲老者所阻，不得已達内寢，見己屍横榻上，大叫失聲，豁然而醒。開口索石膏湯吃，數服而愈。後述其事於友，言至第三殿，猶股栗不已。

## 楊爛頭

吴江道士楊爛頭，學茅山法，能召神將現形白晝。一日如厠，於地下試畫召元壇符咒，畫未畢，壇已前立矣。楊大懼，無所使，因戲嚮神曰：『此間有日，可移一大樹蔭我。』法在令行，神果移樹來。神去，乃舉鞭嚮楊頭一點，由是頭遂爛。楊祈雨擒怪，每著奇事。常他出，不閉户，偷者入，席捲之，不能復出。楊歸，乃釋去。人問故，楊曰：『彼進死門，故不能生也。』居宗真觀，後天師過江城，知有其人，惡之。蓋茅山與天師教實同而异，天師乃改『宗真』爲『崇真』。不數月，楊遂屍解去。識者曰天師以山壓之也。

## 馬异

乾隆丙午夏，蘇城葑門内見老馬一匹，得得自東走西，後隨小馬無數。居人咸异之，男女老少奔視。跟半里許，忽聽崩騰摧折聲，回首一望，傾屋數十家，無一人傷。馬遂不見。

## 響水橋

湖州響水橋，水流湍急作聲。入夜則鏗鏘振百里，如萬騎疾行，時有金光從水底冲出。後一江西人寓橋側半年，由是不復作聲。或言下有寶爲收去矣。相傳江西某府化生一人，能識瓌异物，故吴俗尚『吾江西人收寶』之諺。

## 火識

蘇城閶門專諸里，客商都會也。某年忽來异僧，日行於里中，作癡語曰：『一個人，兩個卵。』莫解其隱。有廣東繭客悟曰：『此非有火災也？』遂携貨寄東城。後兩月，火燒百餘家，僧遂不見。客方自慰曰：『幸早悟，不然累累奇貨已被祝融收去矣。』及發箱，繭皆爲火焦，不可售。

## 呼鷄鬼

婁門外城上，每風雨時聞呼鷄聲，至蛇王廟即止。相傳葑門外向有養媳，日爲其姑守鷄，日忽失數隻。姑令尋覓，不得鷄回，不許歸家。婦呼至四鼓，投水死。事載《元和縣志》。顧南雅居平江路混堂巷，與城相近，余問之，南雅云二十年前家人多有聞之者。

## 夢對

吴門夏味琴，名文燾，入泮後，同郡邵晴巖前輩能書，書一聯賀之，乃『貴分赤筆升蘭省；祥報卿雲冠玉峰』也。時味琴之尊人容庵，游幕於淮已四五年，忽一夕夢至家中，見堂上有『祥報卿雲冠玉峰』七字。明日，適其兒子自吴到淮，容庵述告其夢。侄曰：『嘻！叔真歸矣。此邵晴巖所贈對也。』容庵亦大驚詫，後於家報中述其事。味琴爲余言之。

## 執蘭女子

陳某，庚辰舉人，進京會試。一日，有女子手執素蘭一枝，摻吴音問曰：『某相公亦在此乎？』同寓者回以他出。及某歸，告之，述其狀貌。某面赤，連夜束裝去，不知何故。

## 魁卷神作

吴門長邑舉人陳堯叟，雍正癸丑年將赴會試。夢至一所，宫闕壯麗，遥見殿上坐一王者，兩旁隨侍甚衆。正窺伺間，忽聞呵聲隱隱，旋見一偉丈夫鬚髯若神，從中門進。陳雜於護從中隨入，王者出迎，分賓主坐。客問曰：『今歲會墨若何？』王者曰：『君少坐，我爲誦之，自第一名至十八名。「君難」兩句題文。』陳詢之，從人曰：『此文昌宣來者，乃關聖也。』陳素穎，醒後尤歷可記，即披衣録出，日將元卷誦熟。入場題目果符元卷，杳不能記一字，勉强草就，自度功名無分。有友仝號者，以文相質。閱至二行，即賀曰：『君作第一人矣。』友問故，陳細告之，且掩卷誦下篇，一字無錯。友大駭曰：『十八篇文君皆能誦否？』曰：『當時意在會元，餘文皆已忘却。』後榜發，陳中十八，撿書所録，對之悉合。後視魁墨，無一卷誤者。

## 傳神

吴江有傳神者，名重一邑。邑中蒯某，心慕其技，遂往求焉。傳神者適寓東嶽廟，某進殿時，見有二女子相與語，容貌甚戚，若索債狀，久之，忽不見。心中疑异，嚮問其故，而彼不肯告也。閲三月，傳神者卒。蒯某訪於鄰里，盡悉其死之故。

蓋彼以畫馳名，當年曾有富豪娶二妾，色頗美，使彼傳神，由此私之，遂成相識，暗爲往來。主人知之不責，因語二妾曰：『彼既愛汝，汝何不從彼而去。明日命傳神者來，當爲二人作終身計。』次日，傳神者至，主人贈以五伯金令其娶去，約期以待。彼竟以銀花盡，遂不來。二妾氣忿，自溺水死。廟中二女即二妾索命也。噫！逆天理悖人情，兩者兼之，其若是乎？乾隆五十七年三月事。予以爲可示戒世之輕佻者，故志之。

## 辨假印

蘇州王萬源，名潤，作宰泰寧，明敏善察。一日，有吴江人劉某欲見，王出接。其人衣縞素，年可三十許，隨一僕，手持一册，年貌與劉相若。王訝之。及坐，各道殷勤。王問來意，劉顰眉蹙額，操吴音，即曰：『某家江城，先君劉某，曾任本標千總，承差赴粤，半途染病，未及至閩而卒於途。今停棺寺舍，將有兩月，欲圖扶櫬歸鄉，奈囊底羞澀，不能得遂寸心耳。』言訖，泪下如雨。王頗怪之，乃慰曰：『子無憂，予係同鄉，其敢坐視乎。但閩中去姑蘇不下四千里，其間險灘峻嶺不可盡述，非三伯金不能部署。恨予清俸，所餘無幾，不能獨任。然吾郡宦於閩者，蓋亦不少，俟見時懇其資助，以遂足下孝思。』劉遽離席，頓首致謝，呼僕携册來呈於王曰：『前日苦情告諸閩縣姚公，蒙贈伯金。今再得百餘金，亦已足矣。』王啓册，見書：『閩縣正堂，助銀一伯兩。』蓋以印信。王審視良久，置之架上。劉告別。

後數日，劉復來，閽人爲之通。王命曰：『但云主人方視事，少頃請相見。』閽人傳命，劉端坐外厢。逾時，一卒出曰：『誰是劉少爺？主人相請。』劉整衣直入，王已巍然開堂矣。劉驚顧卒曰：『汝主視事未畢，何暇見客？』卒笑曰：『想亦欲與客語耳。』曳之上。王遂拍案叱曰：『何物奸回，敢以鬼蜮伎倆騙人財物！』劉從容致辭曰：『明府何所見而言然？父櫬飄零，欲圖歸計，布告同鄉，直陳苦衷，豈以謂之奸回？先君即世，現有病故文書，姓名、籍貫皆可稽查，安得謂之鬼蜮伎倆？閩縣所書，倘爲紙上空談；明府所贈，現在當堂盤詰，安得謂之騙人財物？』王曰：『餘姑勿論，汝閩縣印信從何所得？』劉曰：『閩縣印信自然從閩縣得來。』王笑曰：『祇恐未必。』劉復致辯，王令左右取閩縣某月文書及劉册來。須臾取至，王將文書一角擲下，曰：『再有何辯否？』劉見之語塞，遂伏地叩頭乞命。王遂刑詢，劉吐實云：『某非劉姓，實係會稽楊姓，家貧無活計，思舊友在閩跟官，頗有積蓄，到閩訪之。豈知舊友已死，進退無策，聞有劉千總病歿旅邸，深悉其細，故假名圖財，以作歸計。至閩縣印係弟描畫。』王問：『汝弟何在？』曰：『是即所隨之人。』王命俱繫於獄。事畢，衆問其故。王曰：『此事極易，諸君不留心耳。閩縣印信近已略存字迹，册之上印宛如初頒也。』於是皆相嘆服。

復數日，王不忍，將釋之。有幕友鈕姓者力阻不可，且以超擢欣動之。王遂决，叙詳解府臬，按律論絞。時王夫人有孕，頗不安，王憂之，夜不成寐。偶晝寢，忽見楊氏弟兄，狀如初見，并嚮王索取。王怒斥之。二人曰：『汝不欲，吾去求夫人。』攝衣遂入。王醒，驚异，聞内報夫人臨盆。逾一晝夜，生一子，全體俱現，其足若有所繫者，牢不可出。少頃，又現二足，驚視之，四足相對，聯而不分。産母叫號，王彷徨無措。穩婆取刀割之，一死於地，一死於腹，夫人亦自物化矣。王憶夢中，遣役至省覘視，乃知是日兄先弟後俱斃於獄矣。王甚悔之。人爲友顧南雅言。

## 解元前定

丙午鄉試前二月，顧進士禮琥夜夢在護龍街見一牌樓上書『張祖勳』三字，傍一人語曰：『過此可中矣。』醒後自思已中，此夢何因？嚮其徒黄一機述之。黄曰：『此乃長洲學生，機友也。』告於張，張甚喜。後竟頭場貼出，挂名大公坊。戊申科乃爲江南第一。

## 香灰觀音

顧瀛齋住城東，夫人宋氏素奉佛。元旦，忽見佛座下磚香灰團繞，現觀音趺坐，右立龍女。闔家環視，眉目如畫。有一老尼視曰：『惜少善才。』言畢，左現善才，作合掌狀。命工就磚鉤出。顧南雅述之僧呆堂，僧曰：『佛本無相，幻中作幻，此乃妖异耳。』

## 屎怪

嚴秀三家傭一老嫗，帶女，年僅十三，貌粗陋。忽一日謂母曰：『夜來有物，兒身冷濕如冰，欲叫口噤。』母曰：『此乃夢魔耳。』嗣後，白日見之。餉女索食，凡粉麵之類頃刻皆盡。他人不能見，每見階縫尿屎纍纍皆五色者。其女掃之，時得青蚨六七十文。其母詈叱，臨睡間聞臭，視被中皆尿屎。後將母女去之，其怪遂絶。秀三與南雅言之。

## 補録科

元和施陛錦，江南解元。是歲元旦，本路門斗至，賀曰：『相公今歲高發矣。』笑詰之。曰：『早晨郡廟進香，見神座一榜，首列尊名，故來報喜。』至期，諸生束裝應試，施無科舉且貧，欲不去。門斗促之，且曰：『相公所慮盤費，我本送考，同往可耳。』得案三續，施竟無名，怏怏欲歸。會有某秀才游兩廣督署，夜夢一神語曰：『江南無解元，待汝去。』醒後自思考期已近，録科不及，遂置之。次夜復夢前神怒曰：『汝不去，江南無解元矣！』某爲主人述之，主人以驛馬贈送。到江寧已八月初五日，文宗知某一時名士，即與施名補出入場。頭題爲『歲寒』一節，施曾以是題作擬文七首，意頗自得。有友人仝號，忽握卷至施前曰：『尊作已録在卷，君可更作。』施無可如何。是科，施竟解元，某與友不售。

## 城隍顯應

吴俗凡有病危者，親友邀集詣廟乞年，謂之保福；病愈酬神，謂之拔狀。余友夏味琴偶覯怪症，談天説地，言笑自若，裸體便舞。值有李子仙等到，即指謂曰：『子想中狀元乎？？不然何其瘦？』謂李四香曰：『如此大麻子，可殺！可殺！而猶欲帶眼鏡乎？』舉家驚惶，無計可施。翌日，會親友十人，聯名祈保於郡廟。取名之最吉者，如李子仙福、江雲墀嘉福、徐琢珊福疇輩，而擇十人中年長者列首，蓋彭君希籛也。禱畢回味琴家，而味琴拱手出迎。共相驚喜。問之，則曰：『如夢初覺。』遂自置酒，團坐暢飲。是役也，其迹似癡，味琴因改號方米。擇日拔狀，獨彭信甫不至。日偶失足，微碎其膝，敷藥不愈。一夜，夢見一嫗，捧册哀求，口稱『老爺垂救』。視之，中有『牽涉主保狀彭某』等字樣，後書『奉塚宰大老爺周批』。看畢擲還，曰：『如此瑣屑事，我到中秋節前完結可也。』嫗遂叩頭謝去。醒述方米，方米爲之禮斗。後信甫七月初夢一道士謂之曰：『子事已出詳，候司批轉即結完矣！』始得徐步至廟進香，數日而愈。夫一念之誠，神明應之；一念之怠，神明懲之。理有固然，特不知老嫗何人耳。

# 卷七

無悶居士編　灌花村傭校

## 小頭怪

予戚許香浦，述其曾大父爲江蘇方伯時，有庖人吴大昇，常州人，偶回家省親。後來蘇，進閶門已二鼓，入署不及。時有同鄉開酒鋪於天官坊，因投宿焉。主人引入後舍酒房安榻。時七月望後，月色皎潔，室極隘，蚊作雷聲，未得交睫。漏三下，忽聞重聲如房屋坍塌，疑爲酒罈坍倒，急起坐視，見窗外黑影，長丈許，倚廊下。吴大呼有賊，辟扉出視。其物舉足一跨，登屋脊。諸酒傭聞聲俱至，其物尚高坐檐端。身甚偉，頭小如碗。群相嘩逐，安然不動，袖中出一小芭蕉扇，形如大榆莢，徐徐揮拂，睨視而笑。衆相顧錯愕，因拾瓦礫亂擲，怪遂袖扇而逝。視瓮頭新漉酒，味已酸變。主人頓悟曰：『吾家所釀酒多壞，始知此物之爲患也！』及明，吴即入署。後其家果受其累，資本消乏。

## 長脚魔

香浦又云：予五六歲時，與乳嫗同宿。因暑月，燈置於地下。夜深偶醒，忽聞房内有履步聲，箱篋銅環俱細細作響。探首視之，見一物，從外房俯首而入，直立房内，頭頂樓板，脚長五六尺，身上下俱花斑色，面更獰惡，在房圜折而行。予大懼，不敢出聲，急推乳嫗，已夢魔不醒，因蒙首卧。少頃寂然，再窺之，無有矣。嫗亦醒，問之，不知。後家中亦無他异。不知何物也。

## 婢鬼

新安有二人，慣捕促織，每夜携筒搆火，各處潛捕。一夜，至一舊廳前，房屋寬敞，外無窗槅。二人沿階坐，静聽蟲聲唧唧，意自得。因欲覓火搜之，回首見廳陬一燈，如豆大，諦視之，有靈帷設焉，几上置蔬果酒飯。蓋徽俗，新殁者逢七期，夜設飲食於靈前以供亡者。風吹幃動，似甚陰慘。方欲舉步取火，忽聞棺後窣窣聲，有人搴幃闖出，髮蓬覆面，手足不甚明晰，舉首四顧，攄案取酒肴大啖。二人熟視，毛髮蝟豎，大呼有鬼。其物反身入幃，聲聞内室。有頃，携燈出問，二人告以故。因集衆啓幃搜視，棺下伏黑物一團，群嘩鬼在，拽出，掩面號呼。舉燈細視，乃其鄰婢，爲主母所撻，逃出已三日矣。飢不得食，故匿棺下竊食耳。連夜押交其主，二人方神定，自後不敢夜出。

## 假眚

人死魂歸，謂之接眚。每延道侶，臨期迎送。無錫道某，素自負，偶於謝姓接眚。時夜半，誦經擊牌，迎畢將出，聞鐵索琅琅聲。家人以爲眚神押亡者來，相與出房避之，舉家悲泣。計時已過，例應送矣，道士中餒，多集家人入室。樂器一振，鐵索之聲大作，鬼聲呦呦甚慘。道士急誦退咒不輟，鈸聲競舉，而琅琅更甚。察其聲在屋上，衆大駭懼，鈸聲不敢停。天漸明，仍轟鬧不已。或疑安有如此大膽之鬼？出户倚梯窺之，乃一小猴，帶鎖在屋脊上，左右跳躍，不得脱身，窘極而號。因呼衆出視，係鄰家逃來，爲屋角所挂，盤旋徹夜，人静稍定，聞鬧更急耳。諸道士乃微窘而去。

## 奉宅神宜潔

許香浦弟筠穀之室，身素羸弱。一日寢後，忽作狂語，呼躍而起。姑臥隔房聞之，急率婢嫗持燈往視。見其端坐床沿，瞪目作語曰：『我山東人也，往武林進香，路過南濠，少盤費，見爾家關防不密，故得到此。欲求一餐，能以資斧見助，我即行矣。』所言皆山東土音。因問曰：『我家大門層層關閉，何以不密？』笑曰：『門户豈爲我輩設哉？所云不密者，爾家香火堂中，供奉不甚整潔，故宅神防範懈弛，我故得潛身而來。否則，非奉命安敢入中門？』衆曰：『助汝甚易，然俟天明方可備送，我家娘子身上切不可久附。』鬼曰：『我老年持齋奉佛，安肯祟人？且奉男女授受不親之戒，已將娘子另坐一善地。爾既許我，即送娘子回。但須浄水一碗、香一炷，供我一静處，天明送我。』因令嫗廚下取水，鬼聞之曰：『廚中水不潔，我不願。』因命易井水，鬼大吒曰：『井至夜有神守護，何得輕動？無已，乃取瓮中天落水乎？』水至，問曰：『爾需用何物？速告我。』因張目四視，指一嫗曰：『問此人知之。』且曰：『我今須去杭州，回時尚要回去盤費也。』迨炷香安畢，視弟媳已欠身呼倦，環顧衆人：『何半夜在此？』因告之故，問以知否。曰：『我朦朧中見窗外有一黑影，急視已至床前，即迷不知。唯覺有一白鬚老者，領我走出，甚屬困頓。頃復引我曰：「速回去！否則神憊矣！」今微覺困倦，餘無別患。』天明問嫗需用何物，嫗以持齋宜腐，山東人喜火酒，并以楮帛焚之。視家堂中塵灰積滿，乃即灑掃虔奉，後遂無領盤費來者。

## 作佛事戒貪

富翁某游武林，至雲栖寺，見僧衆作水陸道場者，問價若干。僧曰：『每道場七日，需金一佰六十八兩，并雜費兩佰金。』翁許明春來此，當設水陸。翁素工經紀，到家後，思此金須預備設法，因取母金二千，派諸夥曰：『各人領去，爲我生息一分，明年此時取盈焉。』諸夥勉領，屆期子母皆繳。翁欣然挈一童至雲栖寺作道場。三日後，僧結壇齋天，密扃禪堂，四圍懸布幕，齋主亦不得入，祇於幕外羅拜。翁雖拜而心疑焉，令童子幕右竊聽。適布有一小竇，童得竊見。僧衆環繞，誦經不輟，忽風一陣，堂中燭幾滅，有神降於堂内，錦衣紅巾，執一黄旗，巡壇四察。驀見童，舉旗一指，童即昏暈倒地。翁大驚，知方丈師頗有道行，急叩之。曰：『是無妨，佛事畢即醒。』已而果然，縷述所見。翁亦敬悚，不敢懈。完滿後，某師忽謂翁曰：『今日道場中有异事，不敢不問。然翁係巨家，何得有此？翁其异姓承祧者乎？抑祖若父果如是乎？』翁駭，問故。僧曰：『吾於薦先時，見坐上來饗食諸靈皆猥瑣不堪，無一大家儀範者，且各據一隅，似有六七家祖先，不僅异姓也。』翁大驚悟，喪然若失，私計吾營息作福，自謂得計，乃竟代夥辦。至次年，仍到雲栖，虔誠以己資作水陸，僧亦無所見。

## 頭痛圈

金閶阜橋鄭義隆綉莊，一僕赴郡廟看戲，回家患頭痛，卧不起。朦朧中見襤褸鬼數輩嚮之乞食曰：『若以酒脯楮帛送我則愈。』僕曰：『爾何能患我？』鬼曰：『我輩在郡廟廊下望見你立我身畔，即相隨而來，不過求一食，你頭痛乃我套汝一圈耳。』僕紿之曰：『餉汝亦不難，但汝既有此法，須先除去圈，我方信。』鬼果代爲除下白圈一個。僕急搶入右手，以左手擒鬼大呼。衆疑病狂，視之，見僕所擒之鬼乃敗絮一團，右手握一白綫圈。頭痛若失。

## 王湖

壬子五月初三，無錫有二人耘田，風雨驟至，雷聲轟然。甲怯欲遁，乙曰：『徐徐而歸，何懼也？』言未已，見黑烟一罩，甲已倒地，乙亦震斃。少頃，乙醒。集衆視甲，見頂門一孔直透尻尾，流血涔涔，作硫黄臭。腹上硃書『王湖』兩字，背有小字，似殘碑斷碣，字莫能辨，即『王湖』二字，亦不可解也。

## 蛇冤

閩中許恕，江蘇方伯松佶之子。宰山西鳳臺時，有遠商歸者，其妻殺鷄爲饌，更深就寢，夜半忽斃。族人以妻奸謀控告。驗之，唇舌俱黑，明係中毒死。鞫其婦，則哀慘萬狀。公曰：『是必有故。』細視貯食之櫥，三面堅整，唯後有一竅，圓潤無塵。此鄉離城三十里，其時昏黑，公曰：『今夕吾宿此，明日再詢。命此婦亦殺一鷄餉我，鷄熟亦置之櫥，飢而後取。』夜半，令役探櫥：『倘有聲，速報我聽之。』果窣窣然，亟令塞其竅，舁出中堂，其聲更厲。列炬集其族人曰：『我已代捕殺人賊矣。』啓櫥，赤蛇躍出，長丈許，群撲而斃之，以餘饌飼犬，斃。群呼神明。公曰：『未也。凡毒物滋生最易，除惡不可不盡。』復至舍後，指一小屋，命毁之。復得六小赤蛇，如碗如盂者數十頭，殺而焚之。蓋公始入門，周視前後，見小屋上多蛇蜒迹，已早知爲蛇患矣。婦冤遂雪。其孫香浦爲余言之。

## 夢中贈詩

無錫秦孝廉名湘，室許氏，琴瑟敦好。庚戌科，孝廉赴都會試，許以産歿。孝廉聞信，星夜馳歸，每日撫棺慟哭。一夕夢婦冉冉來，執手嗚咽，慰籍如生平。因問曰：『子何舍予之速？今輪回何地？』婦曰：『予非人也，前生爲瑶臺花瓣，色相未空，隨風墜落，與君因到而來，緣滅而去。聞君悲慘，不覺情障復生，聊作一度歸耳。』臨行贈詩五首，一曰：

永夜孤靈返故廬，階除歷歷想當初。妝臺久廢蛛縈鏡，綉閣長封蠹食書。
廿載光陰原是幻，三更魂夢總非虛。生前亦解雕蟲技，慚愧於今格律疏。

二曰：

盡説潘郎半似愚，歲時修潔在盤盂。心傷不及調姜橘，腸斷何堪饗酒脯。
好影徘徊徒自悵，孤踪飄泊倩誰扶？愁顔宛似庭前葉，一到霜來漸漸枯。

三曰：

摇落桐花入紫泥，鳳雛猶見一雙栖。趨庭不少慈雲護，涉屺終傷遠霧迷。
此日熊丸難付與，他年雁陣好修齊。青燈深夜床頭坐，面命還能及耳提。

四曰：

七十慈姑暮景佳，陰陽何啻隔天涯。曉風逐恨敲修竹，夜月含情照古槐。
菽水已離中饋職，晨昏難上北堂階。一枝雖謝千枝好，庭樹根深百尺埋。

五曰：

欲賦歸寧度嶺梅，征程迢遠却遲徊。曾聞三鳥銜寒去，未見雙魚入座來。
駿骨已枯誰肯惜，灰心到冷莫銜哀。群烏還是多情輩，唬血時時傍夜臺。

孝廉醒後和之，其一曰：

幾載香魂守敝廬，相逢祇在五更初。枕衾細認當年錦，筆硯重揮此夕書。
夢短不嫌泉路闊，情長寧學世途虛。知君本是星躔降，到得天明迹便疏。

二曰：

一點微忱不是愚，每遵先嗜奉銀盂。若教有鬼常愁餒，德躍無兒詎返餔。
半畝青山貧未賣，百年黃土好相扶。正逢臘盡春光逗，不信花榮我意枯。

三曰：

院鎖梁空落錦泥，呢喃雛燕失依栖。萱枝未見蘭枝茂，桃葉常思薤葉迷。
隻影鏡中留不住，雙眉筆底畫難齊。何堪賦出離鴻怨，往事重重近日提。

四曰：

堂上慈雲五色佳，護花乏術恨無涯。凄凄綉閣香生草，寂寂雕欄緑滿槐。
經卷幾曾佛可庇，參苓不道厲爲階。朱絃易改情難改，雅奏無聞錦瑟埋。

五曰：

乍覺春濃見落梅，羅浮枕畔獨徘徊。珠江水煖魚非少，玉樹花殘鳥不來。

鱷浦韓碑懷舊澤，鹿車梁苑載餘哀。年終説起家常事，長夜堪爲避債臺。

## 孽犬

陸墓某姓，貨雜物爲業。家中蓄一小犬，某甚愛之。一日，某在店，忽有鄰人告曰：『汝家之犬今日狂叫不休，見物欲噬，宜防之，恐病猘。』某即以烟管驅犬入内，閉之耳房。某妻早卒，無子，家唯老母并一僕婦。其僕婦聞犬狺狺不休，於門隙窺之，偶一疏懈，門忽呀然而開，犬即躍出嚮婦欲噬。婦大呼，而食指已被所傷。其母聞呼往視，足方入内，犬即去婦噬母，噙住左臂，齒與肉粘，其母痛極長號。某踉蹌入，見母臂血涔涔，已暈倒矣。犬猶噙臂，欲解不能，因痛擊其犬，擊愈甚而噬愈堅。須臾觀者雲集，有告以鐵鉗撬齒始得脱，而又從某頸牢噬不放。其時人衆，遂共擒犬殺之。而母尚倒地未醒，急以姜湯灌之，呼痛呻吟，兼以寒戰，越時遂卒。某頸肉雖傷，較母尚淺，殯殮後，唯痛母死之慘，自身若無恙也。數日後，身忽發熱，猶以在若辛苦所致，不在意。二三日，作寒噤，見水輒膚凓不止。延醫診視，俱未知何症。及請城中張某視之，曰：『君疾殆遭狂犬噬乎？』曰：『然。』曰：『此犬黑色乎？』曰：『然。』『然則此症不可爲矣。黑屬腎，於行在水，見水而慄，毒中腎也。初噬時尚可治，今已毒深，無可救矣。奈何？』越日亦卒，其家遂絶。唯僕婦受傷稍輕，不至死，然亦病月餘始痊。聞某頗孝，母亦奉佛持齋，而得慘報如此，所謂前世因今生受者是耳。

## 截舟

蘇郡某甲，爲人操舟。性本兇惡，兼有勇力，人畏如虎，而某自爲得意。歷年索詐致小康，自乃置小舟往來河上。一日，載貨出，至常州某橋下，橋忽斷，壓舟兩段，某亦兩截。

## 疫鬼

乾隆二十年，江南大荒。客某行胥門外，將搭船往東鄉。船中一嫗，形容奇古，詰其姓氏，往來踪迹，俱含糊。少頃，出繩梯一，共四五級，竪於船頭，令客登梯眺望，客竟攬衣登之。第一級，荒景歷歷，人多饑色。第二則雲日慘澹，道路僵卧者無數。某大懼，欲下。嫗令再登第三級望之，則天開日朗，光明世界矣。某遂下梯。蓋一級爲二十年荒景，第二級已示明年疫氣流行，第三級又明年大有之象矣。後某登岸，舟與嫗皆失。

## 小凶器

昆山某，幕游粤東，數年無音耗。妻辟纑爲活，一日忽以紵縷自縊死。丙午浙江秋闈，有諸生出場，僕接以轎，及回寓，則以一綿綫自經轎中。解視之，則二寸許也。

## 縊鬼斷刀

吴江塔街有縊鬼，夜深人過，則空中墜一圈，望之若月，洞中皆仙境。伸首入内探，即爲所扣。有老卒自教場演武歸，頂盔、披甲、帶刀，時將更許，驀見前挂一圈，卒知縊鬼所爲，拔刀直刺圈内，刀斷圈没，是鬼遂絶。

## 少陵僧

少陵僧多拳勇，舊有老僧，寓鐵屏巷某家，得少陵派。年八十餘，佝僂若扶病，終日不發一言。後將去，衆請觀其技，不可。迫之，僧乃於堂中環行數步。少頃，見地磚盡裂如粉。

## 死冤家

旌邑某，因佃食租，欲責之。一夕，夢其父曰：『此佃死冤家，可解不可結，其勿打。』明日，佃至，某以夢故，轉好言寬慰，且恤其貧。佃歸告母，母曰：『天下有如此好人。』甚德之，由是往來如親。一日，佃以蔬菓饋某，遇雨留宿。明日起，則佃已死。宅舍急召其母，母曰：『死生定數，身無一爪傷，何必官？』乃殮之。會有佃叔，一鄉無賴也，曰：『人命豈有私和？』竟詣縣呈冤，求開棺檢驗。某憤極，臨驗時，嚮棺大號，舉手拍棺蓋曰：『我與你到底冤家也！』乃開棺驗屍，則腹上一掌痕，作青黑色。某遂論死。

## 煤黑子

煤黑子，京師二條胡同鐵匠也，稍有所蓄。鄰有婦王氏，年可四五十，生一女保兒，年十六，有殊色。煤黑子艷其女，拜婦爲母。婦利其蓄，諾之。與女稱兄妹焉。往來親密，但無隙可通耳。越半載，煤黑子室如懸磬，遂歇鐵業，寄食婦家。保兒聲價日增，多貴人物色，婦漸厭煤黑子，逐出之，遷於神像胡同，與何某同居。何爲兵部承差，素橫。一日，煤黑子至，婦喝何毆打，煤黑子負痛逃遁。後又二月，煤黑子窺婦他出，何亦不在，乃懷短刃，直抵女室，連刺數十處。女大號，鄰里奔救，乃縛煤黑子送官。女延醫治，得不死。煤黑子遂議遣，至半途，病卒。一日，女安坐房內，忽大叫跳曰：『煤黑子來矣！』滿身刀創盡裂，流血而死。後聞煤黑子死於路，計其時日，與女同。

## 犄牛張三

楓橋一匪類曰張三，素負有力。嘗夏日納涼，與少年角勇，能犄一極大水牛於橋上行三過，由是人共呼『犄牛張三』。後因避讐，竄浙，至温州，夜宿古廟，伏匿神櫃。更許，有六七健兒入廟，行徑類丐，迹其語，又若盜。席地夥飲，少頃皆起立。一人曰：『今夜月明無事，曷一試膂力？』乃議舉庭下鼎。張窺之自竇。一人曰：『鼎上有蓋太重，去之。』或舉鼎於庭，繞三四匝，或一二匝，或能舉不能走不等。相與歡笑，繼乃掀蓋裝於鼎上，斂酒具欲去。末聞一人曰：『若蘇州犄牛張三來，當連蓋舉之矣。』已而寂然。張聞其言，心念曰：『不料犄牛張三名重乃爾，惜乎未曾出應，一决雌雄也。』明日，張起視鼎鑄字『鼎重二千斤』。張扛鼎，竟不動，欲掀蓋，亦不動。張知天下之有力者將十倍於我、百倍於我之不止也，後遂不敢與人言力。

## 夢題

鄭厚培，名孝偁，世居婁門興隆巷，屢困童子試。會南昌彭雲楣先生視學江蘇，鄭時年四十矣。鄭家供奉關聖像極靈應，鄭虔像默禱，祈示試題。夜夢有人呼云：『子曰：「當仁」。』醒後大喜，因憶是題爲父入泮作，遂昏夜秉燭檢得之，時時捧讀。至期入場，乃『父作之』也。鄭大悟，是歲竟不售。

# 卷八

無悶居士編　金粟道人校

## 五色布

吴門張翁某自江右歸，僕某，路遇少年婦欲隨之。僕疑局詐，托言主翁在船，未便偕行。婦遂去。後僕語翁，翁謂此必局詐無疑，幸未入其彀中。及至家，僕以省母，告翁歸昆山，歸則所遇婦已在家矣。問母，母曰：『婦言汝從外娶之，令彼先歸。日來我稍有不適，頗賴操作。』僕固貧不能娶，忽來此婦，且能代母勞，遂留爲婦焉。即令局詐，斷不越千里來也。婦爲僕持家井井，暇則績麻而已，亦無他异。越十餘年，生一子。一日，適比鄰某家有慶，失去小兒珠巾一頂，遍覓無迹。婦忽曰：『某嫗所竊。』搜之，果獲。蓋嫗果日往來於某家者。由是群詫女爲非人，而嫗尤日一至門，申申其詈。婦遂不安於室，嚮僕曰：『我緣盡矣。此子善視之。我實非人，乃狐也。篋中有布五十匹，收之。』言訖，婦即不見。僕某悵怏啓篋，中果有麻布五束，束十匹，作五色，即平日績麻所成。婦每績麻，必以口沫絲，隨沫隨變，終歲未嘗弄幾杼，不知布何由成。其狐而仙與？

## 白龜

錢塘金壽門，能文善書。嘗游西湖，得一白龜，大如五銖錢，白於玉，光彩皎耀，不可睨視。金愛同掌珠，作水晶盒貯之。自製白龜詩若干首，一時屬和甚夥。龜常携以自隨，且曰：『我當與白龜同生死。』後寓揚州。一夕，忽夢白衣童子曰：『我當侯君棲霞石壁間。』明日起視，龜已死。金爲大慟，即以晶盒葬之，作《瘞龜銘》。越三月，因某制府延過江寧，返游棲霞，忽於樹影中見白衣童子招之，遥審與夢中見者無异，近接已杳。及登祖師殿，則座旁龜蛇二將竟裝神像，龜將軍則嚴然白衣童也。金大訝，急趣裝歸，不數日，病卒。

## 王元陽

吴縣顧春艖，其幼子甫十餘歲，病三四年卒。病時，許作佛事祈福，後以子死寢之。家一老嫗，忽作囈語，大呼：『爾輩速喚汝家主來與我説話。』春艖問之。曰：『吾王元陽也。』因聲音模糊，聽作『王應娘』，曰：『然則汝乃女子矣。』嫗曰：『我何嘗是女，我妻袁氏。現亦在此。我生前在閶門開店，今死十餘年，尚未投胎。昨見十三人嚮汝子索命，故偶進來一看，不意彼皆鬨然散去，而我兩人猶留落在此。又打聽你家許作佛事，意欲得些功德去，今又不果，你將如何發付我？』春艖因其言有異，遂詢其子顛末。曰：『彼前生一秀才，一狀紙殺十三人，後投河死。今托生你家，故冤鬼又來也。』春艖曰：『如此，汝速放老嫗，我當超度汝。』曰：『若得超度，感激無盡。』自此遂默然無聲，而老嫗亦漸甦。乃作佛事三日度之。此乾隆五十七年六月事。

## 澆蛇

淮安龍王廟道士，夏月偕其徒納凉，聞鼾聲如雷，迹至庭，見巨蛇盤卧。師駭極僕地，徒取熱水嚮潑，蛇忽不見。逾時，師蘇。明日，師起，呼徒不應。往視之，則小蛇滿床，或尺餘，或七八寸，徒則不知所在。

## 會試送歸

吴門王孝廉某，入都會試不第，南回乏資，流寓觀音庵。偶游廟上，拾得小荷包，内有小錢一枚，光澤可鑒，遂挂於帶。比回寓，則錢與荷包俱失，不之异。明日，天甫曙，有數人挽車至，云接王老爺。王誤爲素熟友邀過，遂登車。出齊化門，見草屋數間，請王入。王入，則高堂廣廈，迥非外觀。一人倒屣迎，素未識者，致禮甚恭。設饌極豐潔，飲畢，命家人捧黄金四盤出贈，曰：『先生南歸，聊備資斧。』王曰：『車馬未備，何以歸？』曰：『車馬已駕。』臨行，又贈一紙包，封甚固，曰：『昨日傔人不知，有犯臺從，敬奉繳。』王不解其故。至王家營登舟，則廟中行李已收拾在舟，王遂南歸。開所贈封，則小錢在焉。後語其事於友人，或曰：『北路剪綹，率用小錢，此必剪綹中之巨擘也。誤爲君有絶技，故厚遺遣去耳。』王遂憬然。

## 團魚宮主

松江泖涇鎮王姓，晚年得一子，名來官。王溺愛之，特驕寵，娶婦趙氏，性尤悍。一日早起，來官買團魚二，置厨下。其母尚未起，夢兩人跪前曰：『吾乃龍王宫主，若相救，當有重報；若殺我，族矣。』媪醒，入厨，見團魚，嚮來官述夢中言，令放去。不可。烹後，王祭於墓，舟過泖河，遇風覆舟，闔家盡溺。

## 一瓢

蘇州薛生白，良醫也。居南園之掃葉莊，爲人曠達風雅。偶遇异僧於路，身挂一瓢，瓢鎸七字曰：『吃盡天下無敵手。』薛奇之，邀至家。薛故不善飲，時門下從游者甚衆，悉召至，布席堂中。薛南嚮，僧北嚮，餘以東西相嚮坐，以瓢注酒約斤許，飲一晝夜。薛盡一瓢；僧盡三十六瓢；一陳某，薛弟也，盡三十八瓢。僧僵三日，棄瓢遁去。由是，薛遂自號爲『一瓢』云。

## 人妖

雲南壽長縣，其俗年至八九十者，或貧乏不能自活，子孫輒邀親故大會，買麵做饅頭擔許，將老者送深山中。其不死者，久之遍體生毛，身輕能飛，喜食人腦，常飛至城，見者鳴鑼放炮即去，謂之人妖。

## 汪翁

新安汪翁，歲暮自近地取帳歸，坐扁舟。時冱寒密雪，岸上一人請附舟，翁許之。及登舟，已凍餒欲僵。翁詰其踪迹，告曰：『我實非人，乃城隍司勾魂使也。』問所勾何人。出示一册，共三十三名，翁冠其首。翁長跪哀卒，卒曰：『我何能也？無已，請置於末，可緩數日死，速理身後事。新年三日，當相候於城隍廟門首。』少頃，卒遂登岸去。翁倉皇回家，及登岸，見有夫婦二人含泪而至。翁訊之，乃歲暮負逋，鬻妻不售，將覓死者。翁自念：『我生無多日，擁厚資何爲？』乃出艙中金盡與之。

至家，呼集家人，屬後事訖。越三日，乃親詣城隍廟投到，遇前卒立於門，鄉翁泣曰：『子累我矣！昨城隍以汝活二命聞上帝，上帝敕查此人已死，何得活人？』今乃勘出泄機，貶我雲南，汝則增壽一紀。後十二年，再當遇子於此也。』遂不見。翁歸，得無恙。

## 𩆜

淮安東河營外委黄覺，曾因公事過太平莊，遇僵屍，燒其棺。後復過其處，見黑氣一團，旋繞馬足。須臾，直立如人。視之，所燒僵屍魄也。大駭，墜馬死。

## 飛虎城隍

吴門某家有幼女未字，日有飛虎城隍會過其門，女出看後忽囈語曰：『我爲飛虎城隍聘爲妾，某日將去。』至日晨起，盛服端坐而逝。

## 雷公塔

廣東某，夏月市肉於肆，歸至半途，方日中，小遺樹下。忽一霹靂從袴口冲領而出，某仆地，霪雨隨至。及醒，歸至家，則衣已焦裂，背布雷火印，如七級浮屠直矗脊下，洗之不脱，人呼爲『雷公塔』云。

## 死後爲神

石琢堂殿撰父翁臨殁時，自言爲某處城隍。張補梧先生臨卒，自言授招遠縣城隍。孫味根先生爲四川某處土地。吴中某與先生善，曾於其地夢見之。于定遠先生卒後，爲文昌座下司禄，曾降乩錢塘某家。

## 假鬼

『湯家巷里鬼，祇揀善個迷。』吴諺也。往時湯家巷嘩傳有鬼，有某素負膽略，日自親串家歸，經其地，漏已三下。後聞窣窣有聲，回視之，見一大鬼，衣白衣，口中瀝血，長出屋角。某即以火燎之，鬼隨火而焚，一人自鬼腹中突出，遁去。審視，則紙紮假鬼也。蓋黠者假鬼嚇人，乘人顛蹶以取財物耳。嗚呼！人心日僞，無物不假，乃至人身官骸率多假者：鼻滅則假以蠟，齒豁則假以骨，目盲則假以棋石。惡丐索錢，用狗頭爲人頭；匪類宣淫，割狗腎爲人腎。獨鬼云乎哉？

## 沈芍金

蘇州沈芍金，販貨北上，途次投宿，見一大酒肆，燈燭輝煌，飲者甚衆。沈入登樓，見間壁有少女，容色嬌冶。沈窺之，見少女將頭捧下，置几上。沈大駭，赴奔下樓。衆飲未畢，驚問何故。沈告以所見，衆笑曰：『何足爲异？』一齊將頭捧下。沈驚仆地。天明沈甦，則身卧曠野中，并無店肆。

## 掃帚神

客某夜行山中，聞虎嘯聲，急援樹栖焉。須臾虎至，倀道其前，指樹上人曰：『此我代也！』虎正厲爪欲撲，忽一土地奔前，以杖擋虎，曰：『此尚非汝食也！渠家家堂祖宗雖允，獨掃帚神尚未書押。』虎遂帖耳而去。某及明急歸家，悉毀其家堂祖宗像而奉擨帚焉。至今淮北太平驛地方多奉掃帚神者。

## 奪産訟

元和令趙公某，治獄稱明決。一日，有兄弟訟奪産者。至日提審，趙令兄弟二人東西分跪，令相呼相應，旁守二役，聲止即杖。於是東曰：『兄弟！』西曰：『有！』西曰：『阿哥！』東亦曰：『有！』聲達堂外。至四更許，二人皆起立携手去，曰：『本屬兄弟，何以訟爲？』事遂寢。

## 淮安孝子

淮安某縣鄉民夫婦二人，生一子八歲。一日，夫早出販貨，婦未起，子卧其傍。有餓者入，舉一鐵杓擊婦。婦號子醒，遂扒護婦身。餓者不知，連擊十數下，子斃，婦不敢號。餓擬婦死，乃棄杓遁。夫歸，鳴官，置餓於法，其子請旌焉。此孝之根於性者歟？

## 臬司書吏奸情

雍正六年，河南臬司衙門書吏張某王某，皆某縣人，同莊居住。一日，換季下班，王謂張曰：『汝先行，我買尺頭數匹，明日即歸也。』張即騎騾騾而去。行至半路，遇一少年婦人，騎叫驢而來。驢見騾，隨即跟走，婦人亦忘路徑。天將夜，婦問張曰：『我欲往某處，尚有多少路？』張曰：『路差矣！此處至某村遠五十里。』婦曰：『天已夜，奈何？』張曰：『我有莊子，離此不過二三里，可仝我至莊借宿佃家，明日五鼓，汝可行矣。』婦曰：『諾！』張又曰：『我帶一婦人至莊，恐佃起疑，祇云親戚何如？』婦不得已應允，同騎到莊。張謂佃户曰：『我親戚欲往某處，今夜暫宿一宿，五更即去。』佃曰：『祇一間屋，恐褻慢耳。』隨引婦入卧房内，張卧房外堂中。至五鼓，佃起，呼張不應，持燈照看，堂屋無人。進婦卧房，兩人并頭被殺炕上，血流枕席。佃人大駭曰：『這場人命官司如何脱得干涉！』思此二人暮夜而來，無人知覺，不如移埋路旁，以滅其迹。遂倉皇背屍出，掘土埋之。次日牽驢、騾赴集上賣。王歸，過集見張之騾，意已歸矣，遂至其家問信。其家人曰：『未回。』王曰：『騾現在集市，何云未回？』隨同至集，果見騾在。少頃，佃户至，張家人執之詰問。佃不能隱，遂以實情告。送縣起屍，一屍係張某，一屍乃少年和尚。佃驚曰：『我所埋者，一張一婦人，不知何故，婦人變作和尚？』時村中人有認識和尚者，曰：『此某庵某僧之徒也。』官拘僧鞫，僧曰：『是日五鼓，同徒欲往某處。走至路傍，聞土中有婦人呻嚶聲。我去土扶起，見傷而未死，欲帶歸庵。徒不可。恐徒泄露，遂拔小刀殺之埋此。今婦在庵中。』官即傳婦問。婦備言途遇同行，至晚迷路。引宿佃家，夜進行奸，同寢被殺，究不知兇手何人。官問佃：『婦卧之室，向係何人所寢？』佃曰：『係女兒之房。』官傳女至，年已二十，向與村中某有奸。拘奸夫問，因此夜至女房内欲尋舊好，見有男同卧，疑女別與人私，一時忿嫉，手刃兩人，不知他人之婦也。獄成，僧與奸夫并棄市。噫！一念奸淫，三命遭殺，可不畏歟？

## 雪糕橋

蘇州平江路雪糕橋相傳有馬兵某，性至孝。母喜食雪糕，晨起必一二方點心。糕買十里外，某曉起往買，歸即跪進。一日，因大巡閱兵，某曉起往伺較場，歸則母已起矣，某皇遽失所。時值嚴冬，大雪彌漫，某取庭下積雪仿糕式四五方，置盆中奉曰：『糕已在矣。』繼乃反身急往買糕，將歸易之。及歸，則盆中糕母已食矣。問母，母曰：『今日糕尤佳。』某心疑不敢發。後某從軍亡於陣。某忘其姓氏，或言今爲元和城隍。

## 籤驗

關帝籤詩，天下相同。或言前半乃關帝降乩作，後半一僧所續，得者無不應驗。郯絅庵前輩掣得一籤，問終身功名，中有『前三山是後三山』句。後郯以『子所雅言，詩書執禮』題中式一文，平列三比。又以『湯之盤銘曰』一節題會試中式文，亦平列三比也。吴門王某幕廣東，臨去掣得一籤，中有『此時賓主歡相會，他日王侯一并肩』之句，王爲『賓主歡』亦或有之，『王侯并肩』有何着落？後幕粤五年歸，與某縣令侯公同舟，談及籤詩，乃恍悟『王侯并肩』至此亦驗。又某應童子試求示名次，掣得中有一籤『三千法律八千文』句。是年，縣試第三，府試第八，不售。明年往求，仍得此句。是年以二十四名獲售，蓋適符三八之數。

## 洞庭君

吴門某客湖廣，落拓無依，行李皆無，唯剩一傘。一日渡洞庭湖，將貸資友人爲歸吴計。適風浪顛危，湖無一葉舟，唯一大官舫泊岸，又絶無人影。某竟登舟卧，忽夢一神告曰：『洞庭君今欲往吴理水仙事務，汝欲歸，當携汝去可也。倘有遺物，來水仙廟取。』某夢中不省行止，忽聞四下皆波濤洶湧聲，及甦則身在蘇城胥門外矣。計之，僅一炊候耳。明日備香燭往水仙廟展拜，則所遺一傘儼然在梁間神舟中。

# 聞見异辭

[清]許秋垞 撰

# 目録

## 卷二

## 卷三

# 序

夫世之觸龍語而怯走，睹蛇角而心驚者，彼蓋界限六凡而聞寡於款啓，識拘一孔而見囿於霧區，誠不足發宙合之奥扃而抉圖書之秘府也。表姊丈許君秋垞，屐謎善謔，麈譚忘疲。摘洛鉤河，仲舒夙研《易》理；言鯖書雋，叔重不讓經神。捃摭既繁，篇頁斯富，所著《珠盤駢記》《蝶夢緣》《仙緣延慶》《笑林雜説》諸書，嘯葉粲花，千言競吐；焚膏研露，十手争鈔。固已有棟皆充，無楹不鑿；尤復驅詞耻儉，誇目尚奢。悟塵塵念念之因，圖怪怪奇奇之狀，綜其聞見，標以异辭。潑墨成云，奇峰忽擁；翻瀾縱吻，别派同探。燭定燃犀，恍鬼笑靈談之交接；詞非祭獺，匯《搜神》《述异》而翻新。若秋垞者，其今世之穀神子乎？顧博引者或荒誕而不經；錯舉者每紛遝而鮮要。逞毫端之狡獪，博笑口之胡盧，無補虞箴，徒嗤齊語。而是編則雷同羞學，月旦精參。讀徐度却掃之編，盡是當頭棒喝；檢公稱過庭之録，允爲座右箴銘。洵乎刮目之金蓖，振聾之木鐸已。垣自慚儉腹，快誦新辭，佩鴻筆之摛文，付鯫生而作序。竊謂鳳苞五色，非徒寸羽凌霄；龍握三珠，不第片鱗耀日。他日者，出其奏古鑠今之論，以纂石渠天禄之書。摘异標新，洽聞殫見，則是編其猶半璧而未睹全規，一斑而未窺全豹也歟。

時道光二十六年歲次丙午仲春

賜進士出身翰林院庶吉士加一級武原表内弟沈炳垣拜撰

# 自序

從來論道者恒守夫常，述事者每矜夫异，异固快人心目、駭人見聞也。無論夢卜黄熊，氛占赤鳥，鷁飛宋野，龍覿鄭淵，且《易》標載鬼之奇，《詩》著履武之兆，垂於經者猶難盡删，矧屬小言乎？所以《齊諧》《湯問》，不少奇譚；《諾皋》《搜神》，侈陳軼事。繹《南華》之妙諦，想東方之贍辭，愈出愈奇，日增日幻。而《述异》遠追任昉，《志异》近遡松齡，光怪陸離，窮形盡相，可以爲稗官補其闕，爲淺見廓其規。然余所謂异者，不必盡牛鬼蛇神耳，即大小懸殊，語言調笑，均得目之爲异。昔纂《琵琶記演義》一書，托言釋道，猶未能備溯厥聞；繼編《珠盤駢記》二册，僅免參差，猶未能擴其所見。今余隨得隨鈔，舉凡宇宙間形形色色怪怪奇奇，既貴於親朋納之入，尤貴於筆硯導之出。用是述古人之异，繼以近來之异；談遠方之异，參以同里之异；志目中之异，益以夢境之异，其事雖殊，其所稱异者，一也。非敢擬袁簡齋之《新齊諧》、紀曉嵐之《濼陽消夏録》以詡俶鬼靈奇，特欲仿伯祖夢椽公《瓜廬記异》四卷，所謂補談資、昭勸懲、消炎夏，居斗室以犁許田，遣閑情以却睡魔而已。名其編曰《聞見异辭》，正欲前之异無敢忘，以冀後之异復有所觸也。是爲序。

歲次重光赤奮若添綫節緑筠居士識於自有樂齋

# 題　辭

女史 **張蘭韞** 芳齋

傳疑傳信一番陳，句比《酉陽雜俎》新。但作有關名教語，見聞底事悉從真。
想入非非闡化機，豈嘗炫异與矜奇。好辭雋永頤堪解，勝彼匡衡衹説詩。

**吴藻** 蘋香

山水鐘清淑，文章有典型。看人雙眼白，載筆一燈青。
月旦師家法，風流接祖庭。浣薇剛讀罷，雙管想通靈。

**吴珍** 幼蘋

石子一升能種玉，秀才三耳更通神。閑來揮麈資談助，未要尋常索解人。
兜元國與和神國，幻境傳聞或不虚。纂述喜兼才學識，居然史筆繼《瓜廬》。

方外 **融三** 了然

瓜廬載筆憶當時，儒雅風流想見之。見見聞聞徵往事，奇奇怪怪譜新詞。
千秋史筆董狐直，一代文章司馬奇。自是淵源家學在，不妨傳信復傳疑。

**觀慧** 花雨

乍聞妙著心先折，快讀新詞目盡迷。安得清風明月夜，扁舟訪戴百花溪。
汝南月旦繼風流，暝寫晨書未肯休。識大不妨兼識小，史才一樣足千秋。

羽客 **張謙** 雲槎

松窗昨讀瓜廬記，新著重披見替人。漫道專家雲墨勝，此編幽奥續《搜神》。

薛任蒲輩傳三昇，搜剔如君更出奇。佳茗一杯香一炷，賓朋揮麈助談資。

**管山叟吾** 德涵

聞説圖書富，端推丁卯橋。雕龍兼炙轂，輸爾興偏饒。

干寶《搜神記》，《齊諧》志怪書。刊成傳洛下，紙價貴何如。

# 卷一

## 塑神鎮鬼

江南竇蘇局後樓有朱櫬，以鐵鏈懸梁間。相傳春秋時吴太宰嚭之女，至今越數千年，棺仍不朽，斯亦奇矣。陰雨之夕，每見樓窗雙開，有女子倚窗俯視，神情飛越，顧盼自如。甚至中房，時時現形，習以爲常。一夕，局内工人與梨園子弟賭胆，示以黑夜上樓静坐一宵，誓送青蚨三十貫。净曰：『敢。』即於是夕扮作單刀赴宴模樣，一個赤面緑袍，一個黑臉持刀而立。候至三四更，西北角倏走出一女郎，躞蹀步到二人前，有下拜之象。赤面净示云：『將來勿許再到此間。』鬼頷之而退，樓上因塑漢壽亭侯以鎮壓。從此斂迹，不敢復在中樓梳裹矣。

不信梨園幻術多，竟將漏網補閻羅。烟花隊裏餘魑魅，願借神通去伏魔。

## 古盆

沈公義衣莊有銅盆二，作純青色。鄉人以爲瓦盆易碎，銅盆可久，遂出二千錢買之。適有販寶客物色之，易以白銀二千兩。渠又轉售於市，得銀六千兩。據云春秋時歃血盆也。

鬼護神呵幾歷年，得增聲價亦前緣。清風明月無今古，更有何人出一錢。

## 古印

余畫友胡春巢薄游經鄉村，見童子手一印市糖。胡借觀，見有龜文，背鐫金絲，遂出三百青錢得之。後至五原，携以自隨，詣小虹橋古董店。主人見之，再三請曰：『如肯割愛，願以八千易之。』胡欣然許諾。詢以何代物，據云漢時之關内侯印也。

陸離古色燦生光，漢罕秦彝貴品量。莫道兒童不解事，銀青金紫本尋常。

# 龍圖斷獄

宋時有秀才張某，因赴試，道經南山下，被强徒十數人攔阻，人并行李搶劫上山。其緑林魁本係英雄，因渠父被奸雄陷害，暫爲寇，自稱『南山大王』。見張狀貌英挺，欲招作東床。生不允，遂拘縛於後園樹旁，以待其意回時。會值北山大王招宴，其女聞而窺之，頗愜心意。謂看到蓮花恰如郎貌，張思曼之風度無多讓也。因遣婢贈玻璃盞、净瓶壺二寶，此壺撒酒於盞，即喧音樂笙歌。遂私放張去。又路經北山，亦被擒上山。適南山大王答宴，其女因步月到園偷看張郎，私謂婢云：『鳳鞋鴉襪，蘚徑幾次留痕。今北園暫仿西厢，儂雖非崔氏鶯鶯，汝何妨暫學紅娘？俾良宵明月下，不惹玉人花影之思也。』亦贈珍珠塔一座，并訂終身。復選龍駒馬一匹，釋放騎去。將來英雄兒女相會，幾錯認白馬將軍在座也。一路逃回，投宿楊曉樓飯店。二更時，忽聞聲音嘹亮，節奏調和，因私覘之。衹見毫光射月，恰從塔頂生，謀心頓起，佯勸香醪，酩酊大醉。夜分以繩套頸，立時謀害，埋於後園。楊以獻寶得官，人莫知覺。孰知千里馬望朔雲而蹀足，竟識長途，跑到包龍圖衙内，似有乞憐之狀。即飭張龍、趙虎尾馬到店，蹀躞至埋屍處始停。二役取起屍首，回衙報命。比龍圖驗屍，面色如生，將温凉帽、瘰肉尺放在屍上，頃刻還陽。張據情直説。即折柬招楊赴宴，龍圖陪坐時，密令張生擊鼓訴冤，收了狀紙，一鞫即除楊椽冠帶，先斬後奏。楊某官職，即命張生代，剖冤後指日加官。山上渠魁奉旨招降，并以二女配張，丈人峰早殷景仰也。想包公立朝剛毅，笑比黄河清，童稚婦女亦知其名。京師爲之語曰：『關節不到，有閻羅包老。』鐵面鏡心，清正名聲，從此不朽千古矣！

一世情根兩世魔，愛河忽地泛風波。銷金帳裏横陳夜，憶否前生有折磨。

## 墨雨

天仙府塑朱宏佑公像，曾傳神現和尚身，往各郡募建。别郡信士，慨助白金，運木而來者亦夥。故廟貌巍峨，里人有九埭十三殿之稱。後届大旱年，里民祈雨頗虔。宏佑公因上天取水，閶闔已扃，但見玉案設一大硯，神人染指墨池，取水三彈，因下黑雨三日，禾苗之槁者得復蘇。廟宇倏被火灾，神即在雲中顯聖，似有烏龍舞空，頃刻珠點亂跳，火遂熄，僅剩三埭。雲中現形，人彷彿見之，至上天取水情形，此係里人夢應也。我閱《花溪志·廟宇類》知人神化木之事，及閱《灾祥》一編，亦云黑雨如墨，其即此事，亦未可知。

寸草曾形丈六身，一天花雨亦通神。從知點滴楊枝水，不但慈雲解護人。

## 狐入皇宫

元季有宰相某，獨坐廳事，秉燭閱卷。漏三下，倏有女郎至前，公正色叱云：『何處妖魔？膽敢入署！』女粲然答曰：『儂寔是狐，無害於公。意欲遍覽六宫，肯明公藏之袍袖，帶入金門，則感佩無涯矣。何敢獻媚？』公諾之。即變作小貓入袖同往，至午朝門，袖中倏輕。比宰臣朝回，渠已先在宅中。據云：『公將入門，瞥見有赤面綠袍神發一霹靂，幾至捐軀，故借土遁潛逃。』越兩月，狐復來謁。仍帶入金門，回來不見此狐。至三日，詣衙齋謝惠，見公曰：『皇宫已游遍矣，雖月殿瑶臺，不是過也。』公詰云：『同一入門，何昔難而今易耶？』狐曰：『因百神出去參新主矣。』宰相知時將鼎革，直挂冠歸，一門卒免於兵燹，狐之力也。

椒房桂壁認重闈，聽罷銅龍謁至尊。莫道側身無處是，須知袖裏有乾坤。

## 聚寶盆

明洪武時有沈萬三者，家有古盆，以金銀貯之，隨取隨盈，生生不已。錫以嘉名，即所謂聚寶盆也。比魏明帝時之嗽金鳥，飼以珍珠，飲以龜腦，吐金屑如粟者，不尤易易耶？後因南京水城門下水怪爲祟，太祖命取寶盆鎮之，從此波浪不興矣。

聽説孤寒八百多，覆盆許否借摩挲。英雄不識金銀氣，却奈饑驅兩字何。

## 于少保驅鬼

前明于忠肅公未遇時，性酷嗜賭。一夜五更時分，散局獨回，途遇二竪，負包傘疾行。于兩手持之不使脱，二竪苦求。于曰：『汝何結伴夜行？』答曰：『我輩係喪門、吊客二星，因某家上梁值我，是以前去。』相持良久，俟時過乃逸之去。于覓至其家，問何人選日。答云西席。于因求見，詰以『上梁吉時，須選紫微黄道，君奈何不避凶星？』答曰：『有文曲星可解。』于由是發憤下帷，竟科甲聯登官至少保云。

曾瞻朝貎聖湖濵，畫棟雕梁氣象新。太息兩朝冤少保，岳家父子是比鄰。

## 大頭鬼

于公爲諸生時，當八月中旬三更時乘月如厠。寂寞無聊，口占詩一句云：『三更半夜三更半。』沉吟之際，欻見地下鑽起一鬼，頭如栲栳大，答云：『八月中秋八月中。』于以手摩其頂，云：『小鬼好大頭！』鬼答曰：『相爺好大膽！』夫巨武示形，大厲有夢，嘻嘻咄咄，古來不少神奇。特于公屢遇不驚，則説鬼直似東坡，而多膽不讓子龍矣。

秋宵風物太凄迷，信口成詩信手題。曾讀阮瞻《無鬼論》，不須鑄鼎與燃犀。

## 長人

查東山先生有族叔某，喜夜游，其父母諭禁之。一夕，讀書至夜半，意興寂寥。二老已睡，於是趁月獨行。出門約里許，倐見長人近前，約一丈五六尺，俯首問曰：『刻下米價若何？』渠因疾走歸家，從此不夜行矣。

炊罷黄粱事事灰，米珠薪桂尚疑猜。從知萬鬼秋墳唱，祇望清明麥飯來。

## 食鱔生神力

硤石鎮民家有畜群鴨於河，每晚檢之，輒少其一，以爲乞兒偷匿，勿足怪也。後吴六奇至硤，聞而异之，隨群鴨所之，至夕陽西下，瞥見水紋旋起一潭，鴨隨潭影而滅。次日，吴以一繩綁鴨，影復滅，隨手收繩，釣起巨鱔一條，烹食之，遍體奇癢，令人以竹棒日擊百遍，血出方止。半月後頓生神力，能敵萬夫。後投軍得功，官至提督。此食鱔之驗也。

溪水芙蓉似畫圖，釣鰲竿欲拂珊瑚。將軍他日誇猿臂，猶記當年棒喝無。

## 紅紗罩眼

漢陽熊公伯龍，順治己丑科榜眼，素有文名。典試浙江時，途遇一羽流，仙風道骨，所謂雙眸朗暢，四氣和平，長江月影，太湖松聲，真有瀟灑出塵之概。倏以眼鏡相贈，頗明凈，熊欣然受納，用以閱文。比科題目『吾十有五』全章，主考意欲提重『學』字。内有諸生，讀過『吾十有五』一節，竟直勦下文，略爲點題而已。熊大合意，拔置榜首，居然冠千佛明經。榜後，道士復來，對熊曰：『明公玉尺量才，鑒衡不爽，刻下目眹已無用，想可作合浦珠耳。』公擲還。後復看所中之文，大不快意，然悔之已無及。蓋文章自古無憑，不必詞題黄絹，不必詩籠碧紗，暗中若得朱衣點頭，雖主考素著文名，未有不紅紗罩眼也。

文章光焰燭天奇，郤笑看花宿霧披。我眼久將雲水洗，此生誓不受人欺。

## 獻魚賞金

年羹堯爲杭州城旦時，西湖漁夫日以鮮魚獻，每獻一尾，則賞金豆一顆。豈門號湧金而得金若斯之易耶？余嘗應試赴杭，憶夫柳烟鎖緑，桃浪翻紅，每動酒美魚肥之想；又際桂子香初，槐花黄後，復抱蒓羹鱸膾之思。因招二三同人，棹至五柳居前，登樓小酌，不禁彈鋏興懷，魚味却是勝常，其價較他肆亦昂數倍。想聞當日獻魚得金之風，故生奢念，亦未可知。

西湖風物有餘清，魚膾喧傳五柳名。安得豪門知好客，一時供養到侯鯖。

## 桃花女鬥法

周某與桃花女得异人傳授，均有法術。有鄉人得罪於周，欲謀害此人。彼自知不能挽回，因扣求術女。女曰：『明日某山第七株竹内有雄蜂飛出，變虎食人，汝切勿出門。』應曰：『唯唯。』周静伺數日，不見鄉人，知術女道破，遂銜恨於心。即邀媒誑女，欲娶爲婦。女亦不却。比届吉期，桃花女命老媪四人，穿紅衣，執箭并篩，兼藏寶鏡以辟妖魔，否則周家門限盡變飛蛇也。新婚之夕，周翁令阿郎變蜂采花，以破此法。而新婦已張蛛網待之，蜂入洞房，竟被蛛絲所縛。周之技遂窮。异哉！有此夫壻，既難比周郎之顧曲，復不同劉郎之尋春。呼姊差同桃葉，懸像勝换桃符。彼蜜官金翼使睹此桃花人面，焉能不爲新絡婦束縛耶？近日迎娶，用綿杈梗以當箭，篩子内用小鏡以辟邪，殆本此意歟？

料得神通狡獪同，雄風翻不敵雌風。床頭莫道温柔甚，怕有桃花坐命宫。

## 翠　鳳

江西賈生，名迎龍，丰姿秀雅，美如冠玉。因家貧未娶，常夜讀至三更，口占一聯云：『吹管何時能叶鳳，添香良夜伴迎龍。』如是者數月。時當七月初，忽窗外隱有人聲，側耳諦聽，但聞四句云：『花中草人，未必能久。問君何名，宜勿開口。』始也不解，既而思之，已悟此意，蓋字謎云。『七』、『人』頭上一根草，係『花』字，『草』、

『人』不久衹存『七』字，又兼『名』字無『口』，定是七夕。因於初七開户候之，坐至夜半，果見一女郎入户。紅袖緑衣，丰姿娟秀。自云：『奴係太虚仙子，小字翠鳳。蒙君夜夜吟，鳳特來伴讀，以破岑寂。』賈生疑是仙姝，不敢褻狎。翠鳳乃回眸含笑，假倩盼以傳其情，生始暱之。就枕後香氣襲人，玉貌雪肌，膩滑瑩潔，魚水之歡，不可言狀。

逾兩月，杳然不至。賈伏枕沉思恍惚之際，又見緑衣女入門，笑謂生曰：『妾身鳳仙花神，感君時時灌溉，後因天降甘露，得成人形，用報君惠。近被凌虚亭龍文君子聘迎，不能再暱情郎。』迎龍曰：『可挽回否？』翠鳳曰：『龍文君子乃龍竹成精，與妾同類，無術可脱。今特取二寳贈君，聊表寸心，見物如見奴也。』醒來知是夢境，遂歎曰：『鳳兮鳳兮，使我不能息兮。』

天明起視，見几有畫圖一幅，遺墨珠一顆。展觀之，見有七絶題於上云：『丹青下筆早傳神，誰識圖中活美人。若得呼卿三四次，今宵定與玉郎親。』迎龍至夜半，依詩虔誦，果見美人突至，鳳泊鸞飄，形容窈窕，自稱如意姝。

次年，賈生領鄉薦，連捷南宫。先是迎龍殿試策中有『乘乾禦宇，象笵龍飛，治革明時，文占虎符』等語，『虎』字誤寫作『鳳』，因以此珠滅之，得無誤，獲第。後一夕，復夢見翠鳳云：『郎君功名已得，日後自有佳偶。圖畫、明珠恐爲造物所忌，非人間所宜常玩。况君將位尊多金，安用此爲？妾從此永訣矣。』鷄鳴驚醒，起來遍尋二寶，俱滅迹。後囑畫工繪鳳仙一枝於扇頭，因填《如夢令》以寫懷，詞曰：『彼美恩情誠少，七夕予懷堪表。今夜憶花卿，惆悵芳魂杳渺。難了難了，一縷幽思香裊。』書於繪箑，秘不示人。一日追思舊夢，握扇臨風，用以自怡。有友突如其來，友細詢之，始陳顛末，故得其詳如此。

從來作歡喜佛在温柔鄉，偶然一面之緣，每作三生之契，巧夕相逢，花真解語，良宵親暱，草擬合歡，踽踽獨來，行行且止。不必羡棠呼婢子，且無煺蕉當美人。余觀《聊齋志异》有荷花娘子、牡丹花神，玉體香肌，諸如此類，又何疑翠鳳乎？

花樣精神玉樣身，巧將詩句締良姻。風流若擬聊齋筆，青鳳而今有替人。

## 妖術

宋術士，向在勞山學法，以賣卜惑人。某郡諸生，因赴鄉試，詣肆求决科名。宋索重謝，生不允，宋遂賫恨。迨夜，生坐燈前觀《易》，忽聞户外風旋，搴帷而入，見一個鬼怪手持利刃，向生劈來。以《易經》擲下，鬼遂僕地，拾起觀之，乃紙人也。俄又一怪飛來，仍擲《易》，立時墜下。至四更，來一女怪，亦執白刃，生三次擲書，共拾起紙人三個，二男一女，從此絶迹。比明朝，街巷傳説術士家中一夜連死三人，係二子一女。相聞術士剪紙爲人，托兒女生魂以試法，紙人不返，則魂氣難歸。欲害人，適以害己，可爲貪得昧良者戒。區區小術，其可恃耶？

飛茵飛溷不分明，有客橋頭費品評。悟得文章關福命，升沉何事問君乎？

## 二寸人

某士常坐庚申，其初兩月一舉，數年以後，夜夜箕踞静坐，如老僧入定一般。二目時閉，萬慮俱寂，俾三彭氏不能整譖天曹。功行既深，有二寸人從項中出，門外之事，不問自知。一夕壽數將盡，彼先知之，走出一小人，躲入三世佛耳中。見無常鬼來，彼即閉目静窺，鬼去而目仍開，幾次免過，竟成地仙。

嘗聞出鼻瞳人，不及豆大；登几蠹怪，僅盈寸餘。凝眸皓齒，談道論經，且不滿二寸矣。眇眇小子，不與橘中弈叟并顯其奇耶？

蒲團一室任婆娑，不信人間歷劫多。寄語軟紅塵裏客，神仙富貴莫蹉跎。

## 大蚌

吏部橋向稱雷婆橋，昔禾城吴吏部遷居此地，橋因以名。下有一蚌，約八尺長，時浮水面。謀利之徒，於夏天入水摸起，剖之，得珠數升，最大不過如黄豆，其光閃爍，識者寶之。先是吏部少時，見漁人持二尺長蚌前來，吴异其大，出十四錢買之，放入水中。然此蚌撈起後，吴宅漸衰。雖係微物，亦關氣數也。

聽説靈光孕水隈，盛衰今古有胚胎。名姝名宦高聲價，祇换珍珠十斛來。

## 小猴

廣東産墨猴，長約三寸，愈小愈貴，購一頭須值數十金。平時藏入筆筒，至作字時跳出，抱墨盤旋，俟墨瀋濃乃止。寫畢，以舌舐墨，硯田可終年不洗。出入自如，與銀管蒲盧呼吸若相應者。然此種猴不能多得，人有詩一首，前畫友自粵省回里，曾爲予誦之。詩曰：『舐墨無須洗，猴吞不藉魚。藐茲三寸許，常在筆筒居。』

鸜眼羊鬚供撫摩，曾聞佳産嶺南多。書生應被山公笑，如此年華但墨磨。

## 陰差

商人某，歸途遇二役，途中苦寂，與談頗相得。及入旅社，視役所需，悉出己資供之。日晡，呼渡同舟，偷瞰帳上名姓，與己相同，不覺愕然。私念：『李賀病作，卒見人持一板書若太古篆，曰：「天上白玉樓成，召君爲記。天上差樂，不苦也。」頃之氣絶。我無乃類此？』役見客沉吟不語，因云：『我輩寔係冥差，知足下壽數將終，但帳内數十名，須半月可捉完，時日先後，略可效力。君速回家料理後事可也。』客聞之，不覺心灰，一路回來。郵中有夫婦大哭，詢其寔情，據云債負二十金，無力歸償，將要賣妻，不忍分離，故作此態。商人傾囊約二三十金，意謂人有飛蚨，同命鳥不可拆散，因盡數給付。抵家，照差言辦事。俟至半月，欻見二差來，笑容可掬，轉吊爲賀云：『冥王知汝近作善事，增壽兩紀，特來報喜。』言畢，俄而滅迹。有此奇聞，則於點鬼簿上少一名，即於《搜神記》中增一説也。

巫陽有詔玉樓宣，得幸餘生又幾年。畢竟彭殤無定例，長生仙篆要心田。

## 奇門

武原楊某，熟於奇門。一夕，示家人曰：『今夜門户不須鎖閉，雖有偷兒不能盜物，祇將板凳八條横在門口。』明晨視之，果見一賊從凳上行走不停。詰其故，據云：『我見墻門打開，因闖入門内，不料崇山叠嶂，走了一夜不完，十分辛苦。今既中計，知網魚已獲，井蛙莫逃。倘蒙開一綫，誓改正於將來，决不再行幹咎。』遂釋之。以後楊家外户不閉，賊竟不敢入。

洞辟重門任所之，個中消息有誰知。漢家丞相恢王業，想見祁山六出時。

## 虎銜稻

菩提寺前數里，田中禾稻將登，虎來銜稻者再四，鷃鵪殘粒竟爲虎口餘糧矣。村中小兒被傷於田間者又數十人，村里患之。一日，兩山旁見一大潭，有一虎墜於此谷，虎患遂滅。先是海上柴船，月光下人見一獸跳入柴中，又云有黄須人趁船前來。傳聞不一。

餅餌香風繞四圍，不堪盤踞爪牙揮。怪他學得咆哮性，多少豪奴要假威。

## 梓里四异

余閲夢椽伯祖各編，异迹實繁，不勝枚舉，今特節録數端：在天則有聲如磨，二十夜月圓如望日；在地則出白毛數尺，某墳三日内出石笋丈餘；在人有一胎而産四女，孫龐各舉千斤；在物有剖瓜得鱉，竹狗食人。天、地、人、物各顯其奇，統以『四异』括之。

瓜廬筆妙竟如仙，异迹搜羅近百年。拈得退之山石句，數行已括二申編。

## 仙草

同里有董氏兄弟，采薪爲業，每在石人灣憩息。一日，兄至此處，倏而腹中大痛，倒於石邊。弟即歸家唤嫂前來，痛哭不已。正倉皇，閲見石人上忽有一顆細草墜下，係金碧色。搗汁灌下，香氣芬敷，立時蘇醒，力氣較前更大。後出外從軍，竟以武弁得官。人因悟食仙草之力也。

三生石上證靈根，覓得奇香便返魂。願借琪花瑶草力，勳名真箇立乾坤。

## 煉丹

煉丹須兩人，一坐樹上，一坐爐邊督看，然非膽量絶大之人不能也。某甲慕神仙事，訪友半年，至某郡，遇一勇士，有數百人圍住爭鬥，聲色不驚。比衆人雲散，垂手告曰：『足下真英雄也！某在深山煉丹，督看無人，如能同往，丹成後，願謝白金五百。』渠一諾無辭。於是同赴山中督煉，示以切勿開口。夜分，兩目甫閉，欻見一虎在前舞爪張牙，渠若無睹，踰時而去。俄夜叉鬼怪紛紛，形狀凶惡，怒目相視，不言如故。倏又見絶色少女笑臉相迎，百般魅惑，彼總不言，遂飄然匿迹。俄又雷聲猛烈，霹靂交加，金光射目，雷神青面鳥形，將他提在空中，毫光萬道，惝恍迷離，彼仍不語。迨雲開聲絶，天色欲暝。俄見無常近前，長帽白衣，披髮吐舌，目中流血，執一牌書『速拏』二字，將魂靈勾去。泉路茫茫，勾到森羅殿上，見牛頭馬面環列兩旁，中坐黑臉閻王，展卷一閲，拍案大叱曰：『汝在陽間，以力欺人，被汝暗傷性命者不少！』速喚藍面鬼卒，扛一鼎至，高約五六尺，用炭火燒紅，將他一摔，擲在鼎中，化作一片青烟。嗣後，到轉輪殿上，但覺身體忽輕，豁目審顧，知已忽爲嬰兒，却是女身。前世事多記得，總不開腔啼哭。父母以啞故，不甚珍惜，一切衣食照量給付。已而出嫁，郎君惑於迷龍。踰年後育一男，貌頗清秀，甫及三歲。妻子衣服典質殆盡，既又索妻衣，仍置不答。但見夫婿大怒，力提嬰兒，嚮地擲下。至此，情不自禁，一聲長歎，恍如夢覺，開眼視之，仍坐在爐側。煉丹者告曰：『汝若再耐一息，丹可立成。諸般惡狀，此乃魔神纏擾耳。足下一歎，尚未能斬斷情根，爐内之丹已化爲青烟矣。』吾於是益知煉丹之難成也。

黄粱夢醒，丹藥烟消，若能斬絶情根，萬慮俱寂，終守括囊，將白日飛升，已遍巖穴矣。煉丹一術，豈若是之易易哉！

擬將日月駐壺中，慧劍揮來萬慮空。祇有情苗剷又長，始知兒女不英雄。

## 城隍服飾

武原廟前張氏，向開錢莊，一日失去錢券數紙，鋪中人互相誚讓，幾至冤誣。因詣廟各誓於神前，有四五人同宿廟中，以候速驗。至第三夜子分，紅燈將灺，倏見窗外一人行過，頭戴緯帽，此時業已立夏，知神明亦隨時更換衣服，不必盡紗帽紅袍也。不數日，案果破。

勁裝古服煥規模，冠帶還隨物候殊。試問吾曹穹席帽，不知花樣入時無。

## 李氏佳話

江右李春潮少司空，前任浙江學政。其先世某公，因失館歸，肩負包傘，踽踽獨行。古人所吟『床頭黄金盡，壯士無顏色』，不免興張籍《行路難》之歎矣。

歸途遇相者，諦視之，曰：『昔袁天罡相李嶠則曰：「君夜中睡，則氣從耳出，名龜息，必貴。」我觀尊容，刻雖貧，不久可卜巨富，并有結婚之兆。』可知李氏代有奇相，非貴則富，理有固然。李私念枝栖未穩，甑已生塵，焉能驟致陶朱之富耶？沉吟緩步，倏見樹林陰翳中，有尼寺在焉。甫過庵門，前樓適以盆水潑下，濕同杏雨粘衣。因步履踉蹌，四顧彷徨，默無一語。尼心抱不安，乃啓户延入。徐問姓氏，知是萍踪無定窮途欲哭之人，夕陽西匿，無處栖身，因留一宿。尼曰：『我自金刀剪髮以來，禪心恪守，不畫峨眉。然觀君氣度冲和，定可轉困爲亨，如蒙垂青，不屏諸三姑之例，以佛面相看，願贈白金二百。苟富貴，毋相忘。』李氏欣諾。

抵家將優婆夷所贈之鏹販賣木棉，設肆未久，適有客載花千餘包，售於李家。渠以乏本却之。客曰：『俺係某姓某字，今朝不要現鈔，但須寫一約票，合銀若干。俟俺販貨回來，賫票取銀可耳。』嗣後，李如數備齊，竚候三年，不見客回。蓋客係緑林渠魁，業於他省破案處決。李持籌握算，不數載，致大富。乃納尼爲姬，以踐前約。後李氏布置一園，亭閣上鐵網遍張，任數百鸚鵡翠羽競飛，來去自如，洵堪悦目，不徒調舌弄好音也。詩曰：『求爾新特。』又曰：『誠不以富，亦衹以异。』其殆李氏之謂歟？

一角紅墻鎖夕陽，鉛華洗盡禮空王。如何識得英雄相，兜率天中有壻鄉。

## 山裂

乾隆壬午七月十三亭午，俗俱循接亡例以楮帛祭先。方青烟裊裊紙灰飛揚時，忽然珠點亂跳，頃刻奔洪，浸淫階除，而陂塘俱滿。村里驚惶，不知水自何來。尋退後覓至牛頭山，裂出一洞，其大如箕。鄉人傳説，十三巳刻，見是山先起一片黑雲，俄而密布氤氳，瀑布横流，雪浪頓飛千丈。蓋其由來漸矣。

銀河倒挽水漫漫，好作廬山瀑布看。我有文章慣依樣，要從平地起波瀾。

## 汪狀元解夢

秀水商人某，乏嗣，曾詣育嬰堂領一螟蛉。此子至中年，家頗贍，惟常以年庚爲憂，因祈夢於嘉興元妙觀後泠仙祠，即洪武時協律都尉泠謙也。地頗幽寂，禱夢甚靈。夢仙予以一桃核，告之曰：『爾須問同邑某殿撰，便能推詳。』斯時汪公雲壑，名如洋，猶諸生也。適途遇此人索解，示云：『「桃」係「木」「兆」，木在天干始甲；桃開時斗柄建辰，應三月。「核」亦係木字旁，拆開「木」字，是「十八」。定是甲辰三月十八亥時生。』後汪公果於乾隆庚子科魁天下，始悟子平之推不妄也。

別有神機暗裏知，于公祠與泠仙祠。分明參得苞符旨，不是癡人說夢時。

## 鬼搶饅頭

武原張氏有僕某，雙眸能視鬼物，同主人赴揚州任所。一夕，隨署中人看盂蘭盆會，見衆鬼紛紛奪食，内一鬼搶同伴手中饅頭，其人固不自知。僕云：『師爺恐不久矣。』蓋人視鬼，但見一團黑氣，故不分明；鬼視人，但見一片紅光，故不敢近。若搶手内食物，陽氣少而陰氣盛，因代爲慮之。越一月，某果棄世。

漫説先生運已衰，此中奥旨悟輪回。公門賓客知多少，半是前身餓鬼來。

## 俠客

河南某縣，有五通神爲祟民家。遇合巹之夕，每另有新郎入房，相沿已久，人莫能禁。有一俠客，神劍術，適赴戚友喜筵，倏見庭心内陡起旋風，知妖至。客手劍隱於屏後，見一物從檐端飛下，頓變人形。將入門，飛劍斫去，有馬頭落地。俄又來一物，急斬之，是豕精。以後民家迎娶，怪物竟絶。

一泓秋水血模糊，畢竟英雄膽氣粗。那得徐夫人匕首，發硎先去試登徒。

## 紙枷禁蛙

武原有百可園，昔鄭端簡公少時，在園内讀書。每晨聞蛙聲閣閣不停，鄭厭其喧，因戲剪紙枷擲於穴中，云：『枷以示禁。』次晨，果寂然無聲。公之師某，夜夢緑衣郎一群，荷校跪求，懇轉乞鄭大人開釋。夢覺，起問公，告以夢兆。公云：『弟子惡淫蛙之擾神明，想戲不爲虐。不料么麽變青衿小子，已於先生黑甜鄉中作乞憐之狀。然枷雖可鬆，究不容在此園亂鳴也。』於是蛙鼓不聞。鄭後官至尚書。夫以群蛙之聒耳，樂之者以當兩部鼓吹，何耶？

蕉雨荷風處士廬，耳邊清籟樂何如。池塘鼓吹君休聽，衹許鄰鷄和讀書。

## 靈泉井

同里顧氏有一井，每值旱年，挈瓶者愈多，水仍不淺，里中賴以滋溉者不少。一夕，有鄰童在井旁溲溺，泉竟涸。此家虔祀井前童子，水復盈，人故稱靈泉井也。

心如眢井不生波，愧我才情窘若何。安得神靈呵護力，生花口吻似懸河。

## 焚册獲報

福建林長君，在臬司署掌文書吏。會有反寇滋事，平定後有名册一本，大半畏勢屈從，非真有叛逆心也。林謄册時，不忍玉石俱焚，巧生一計，禱告天地神祇，放火延燒，以此滅迹，萬民之身家遂保。官廉得其情，心竊嘉之，竟以造册神倦失火被灾具稿，亦不究。後某郡有曠室甚敞，因白晝鬼怪現形，人不敢居。林買之，價極廉。入宅第一夜，林見黑面人語曰：『小人奉五路財神密旨，守此空宅久矣。公既至，行當交待稟辭。天井中青石板下藏鏹數缸，皆君家物也。君有大陰功，子孫科甲，當世世不斷。』至今閩省有『無林不開榜』之謡，知天之報施善人固不爽爾。

雪盡沉冤察覆盆，祖龍一炬亦深恩。如何有客誇刀筆，絶不商量到子孫。

## 大蜈蚣

昔武原百可園某先生，於中秋夜飲過醉，至唾始睡。時約三更，醒聞窗外有犬食唾餘聲不絶，因披襟覘之。但見一條大蜈蚣，約八尺許，背如烏金色，足長如箸，行地上簌簌有聲，即掩窗而卧。詰旦觀唾處，滑如鏡面矣。張雲舫茂才爲予言此。

飢腸但藉唾餘充，土飯塵羹乞醉翁。有客慣將牙慧拾，合呼他作可憐蟲。

## 讀書驅鬼

前明祝槐門先生，名世喬，爲諸生時，嗜山居。嘗篝燈夜讀，月明星稀，四顧無人，童子垂頭而睡，蟬聲唧唧，若有咄咄聲迭相應者。諦聽之，但聞兩鬼私相語曰：『若人真多事，頃何時而尤未睡耶！』祝吟哦如故。鬼不禁唱聲云：『越讀越不中，祝槐門其如命何？』祝即應云：『越不中越讀，命其如祝槐門何？』鬼竟逸去。夫作文有奪命之權，祝不畏鬼而自能制鬼。如唐時錢君聞『曲終人不見，江上數峰青』一聯後作《湘靈鼓瑟》結句，竟中狀元。祝因鬼語所激，益自奮興，後成隆慶戊辰進士。

路鬼揶揄亦忌才，豈知奮翮上强臺。果然努力穿桑硯，造化何曾不挽回。

## 絹人書畫

乾隆時，廣東洋商製人物一座，外以紫檀作匣，約七八尺高，大如轎。將銅鑰連旋十數轉，即有一絹人蹬蹀步出，如十二三童子模樣，人以通草爲面，綾羅爲衽裳，身穿珠衫，累累不下千萬。俄而移硯磨墨，折紙揮毫，繪一匹滾馬，玲瓏筆法，不亞子昂。繪訖，又展黃絹，書『天子萬年』四字，淋漓揮灑，色色如生。中丞出銀十萬，以備貢獻。此非洋人不能製，非巡撫不能買也。

奇技休誇妙入神，市來駿骨總非真。可憐揮得金如土，不買英雄隊里人。

## 賈文思

洛陽名士賈成章，字文思，授徒甚多。入場作『鳶飛戾天』題文，因曾改『弋不射宿』題，純以上文挑剔信手録稿，誤犯『淵』、『魚』數句，録畢而後悟之。賈自分必置劣等，遂於文後作詞曰：『天際睹飛鳶，誤記却犯躍淵，大羅界接水晶殿。槎貫思騫，精衛效填，這一回聊同橋鵲橫銀漢。天上船水通黃河，渡與衆人看。』學使某，雅知憐才，閱文至此，和之曰：『鳶鳥從天降，遺音忽在水涯。弋人快與漁翁話：題目雖差，文字頗佳，羨爾才怎忍抑置諸生下。妥安排魚網鴻離，祇好隨他寫。』仍列一等。發落之日，文後加批云：『記心有限，巧思無窮。雲漢偕河漢同澄，不少填橋之鵲；

天涯共水涯一色，自多離綱之鴻。碧混大羅，清涵明鏡。雖衡文不爽，宜思玉徹冰壺；而愛士常懷，猶恐珠遺滄海。貫月槎每因誤入，登雪梯還許同升。姑效和曲三終，仍使加入一等。』文宗破格援才，多士咸傳爲佳話云。

成蠅偶爾誤毫端，題外文章意外看。太息遺珠滿滄海，抱才容易愛才難。

## 出蛟

硤石王氏一巨宅，内有地窟，以數十丈繩縋之，深淺不能測。據市人説：昔之居是宅者，曾見地下起一細蛇，約衹尺餘，蜿蜒至窗外，長已七八尺。倏爾風雷大起，霹靂一聲，即飛騰直上，尾大幾不可量。人咸謂王宅之窟是出蛟處也。

騰蛟起鳳蔚詞宗，可惜風雲會未逢。倘借階前盈尺地，大言我輩亦猶龍。

## 妓嘲

西湖春日，游人最多。有貧士三人，薄游放鶴亭，坐古樹旁三塊小石上，清譚良久，見友騎馬而來。係富室子，遂喚從人，另以馬三匹與友同游，擬諸湖上騎驢，更覺逍遥自得矣。游畢，共下妓船，見三個麗人，嬌姿媚態，裊娜含情。櫂至三潭映月，興盡咏歸，情猶戀戀。古詩所咏『醉後佳人脱錦袍，美人扶入珍珠帳』，情景逼真；又云『幾番歸去管弦隨，珠翠兩行扶上馬』，醉態堪描，幾欲以玉鞭打蒼奴也。至上巳日，復游湖上，見妓女佇立畫舫，三人私語曰：『陽春召我以烟景，大塊假我以文章。時哉！弗可失。彼夫緑藤陰下鋪歌席，紅藕花中泊妓船，相見恐恨晚矣。况乎如舊相識，買春買笑一樣風流。』比下，各笑問妓曰：『今日可知我來意乎？』妓答曰：『三位相公，仍不過覓森字樹旁坐，在磊字石畔望，友人招伴，騎驫字馬以徜徉。下船之後，亦不過泛舟於淼字潭前。今者趁晶字良辰，結衆字而來，祇好飲此品字茶、鼎字酒而已，若要作姦字想，斷斷不能。』

西眉南臉總傾城，可奈青樓太薄情。若輩亦嫌窮措大，不教石上訂三生。

## 一錢致富

錢塘金鎔，貧乏無以爲家，其父使入米市習賈。一夕收賬回，適過飯店，見主人手拉流丐不放，相持良久，排解無人。金詰其故。據云：『會鈔適少一文錢，實因囊底已空，非故意負欠也。』金曰：『是區區者，何必計較耶？』即探囊取出一文錢代償，始免争攘。丐深感其情，尾金至僻處，問其姓氏里居。吐實以告。乃拱手謝曰：『咱係河南人，家有萬金，因被數千饑民日坐家中索食，勢不能盡濟，因以倉廩空虚相告。渠雖爲咱所紿，然不容咱一門坐食，迫而致流轉江湖，勉作吴市吹簫之客。所礙迹者，長女同行，咱不妨效蒙袂輯屨者流，其如女兒之弓鞋軟步躑躅不前何？更難者，每宿古廟廡下，咱夫妻二人夾衛一女同睡，束縛情形，諸多不便。比晨鐘唤醒，向曉提筠籃而迎殘月，臨風拍檀板而唱陽春。甚至青衿子弟，目送峨眉，竟如蜂蝶戀香，往來逐隊，街談巷議，喧傳紅袖作歌舞人也。咱何忍以豆蔻含苞之處子，倩他學飛絮狂態耶？今者携笻時，杖頭適罄，蒙君代還孔方兄，不啻將伯助予，咱雖非淮陰少年，然一錢之惠，莫敢忘乎？想囊探青蚨之時，正星照紅鸞之侯也，願以小女爲君箕帚婦。』金曰：『邂逅相逢，未必無緣，雖蒙寵識，容俟歸告嚴父，再當報命。』日晡抵家，將解囊訂婚姻事，爲雙親直陳顛末。迨夕陽西下，忽聞剥啄聲不絶，啓户視之，即是流民夫婦，擁一女至，年十八九，丰姿雅淡，嬌態難描。第云：『咱夫妻日事奔走，正如流水行雲，萍踪無定，倘以小女結秦晉之婚，始願遂矣。』言畢即去。

女來逾月，謂金夫云：『瞬息三旬，奴察君家作爲，真忠厚門第，今而後始安心爲婦矣。雖异鄉不啻同堂，但勸君弗依人爲活，須自謀生涯，方是上策。』夫云：『奈無錙銖何？』女即褪藕覆，解鳳頭鞋鴉頭襪，出示纏臂金一雙，并探抹胸帶結上真珠一串，曰：『以此易銀，貨殖有資矣。』夫得資斧後，貿易數年，竟大富。於是挈眷往河南謁岳，見雕墻峻宇，華麗非凡。外父母欣然延入，一望風采，脱盡風雪窮途之概矣。時以唱戲設筵相款，盤桓匝月辭歸。蓋金鎔之富，總由得金珠所致，如此阿嬌，雖量明珠以换，鑄金屋以藏，可也。

迴思一錢之惠，雖其細已甚，然劉寵選一錢而著清廉；阮孚留一錢而免羞澀；且隋主命盗一錢以上皆棄市；郝子投一錢於井而飲水。即説部如《諧鐸》，亦有因惜一錢而落職者。是金郎之以一錢發軔也，揮麈清譚，不覺齒頰流芳矣。

揮灑黄金不計年，何曾博得美人憐。那知絶代如花貌，衹换看囊一個錢。

# 韋馱顯聖

嘉興錢氏有一墳在武原韋馱蕩。先是錢君與廟僧品弈，從未見勝。自請某堪輿覓葬地，據云：『相子午針上，鐘靈毓秀，當在廟基。』一日又與僧賦碁，因乘間言之。僧曰：『不難。祇須今日弈棋得勝，願以毁廟爲誓。』議定後，子聲丁丁，息心對局，僧果輸錢一着。以前議不可更，遂憑改廟爲窀穸事。經營伊始，廟内韋馱神，扛之如山，屹立不動。迨錢君焚香默禱，誓不遠遷，始遂其願。余嘗過其地，見波流縱判東西，而古刹與佳城，祇一水之隔。自卜牛眠以來，咫尺間廟貌重新，迄今歷四五世。斜陽古道，不慮兔穴與鹿觸者，徒以有護法神在耳。父老傳聞已久，及詢子密妹壻，數典弗忘其祖，知此事果信而有徵矣。

争得楸枰一着先，梵王宫裏卜牛眠。漫將方術誇青烏，知有心田作福田。

# 卷　二

## 鬼升城隍

湖廣長沙鮑玉衡，向以捕魚爲業。舟泊雙楓浦時，斜陽一抹，沽酒獨酌，先斟一杯於河，然後自飲。久之，水上倏浮起一人，謝曰：『余作波臣久矣，承君賜飲，無以爲報，特驅大魚一群至某潭，奉酬君惠，俾免彈鋏。』盤桓月餘，鮑老與溺鬼竟爲莫逆交。鬼對鮑云：『明日有婦人作替身。』次日，果見婦來淘米，無恙而去。至夜，鬼復來。詢其故。答以婦方懷孕，迷之是傷二命也。明朝當有戴鐵帽人作替身。次日，適陰雨，人因所鑊子頂在頭上當傘，足染污泥，復洗足而去。夜又問其故，答：『此人係獨子故耳，明晚有中年人作替身。』次夕，仍見有人挑水而去。夕又詢其實情，答曰：『渠上有老母，下有幼孩，余弗忍也。』一夕，溺鬼帶笑容對玉衡曰：『吾因三次讓人，冥王以吾有大陰功。某處城隍缺職，吾將攝之，行當與君別。』漁翁移舟前往，見其地新塑城隍像，睨之，仿佛河鬼儀容，鬚眉活現。

自憐苦海久沉淪，幸脱迷津有替身。觸得慈悲心一點，洛波神是玉霄神。

## 王孝廉幻術

秀州王仲瞿孝廉名曇，向有幻術。一夕，袁太史簡齋設筵，王適在座，興酣以舞劍爲戲。王欲窺袁器量，故意將五色玻璃燈撞破。袁吝惜之色不覺流露眉間。王曰：『僕聞袁君好士，特以此相試耳。何竟以區區之物介意耶？』於是極平生之技，渾脱頓挫，自内達外，劍氣上衝，如白虹一道，數百盞琉璃燈一時粉碎。舞畢，狂笑而去。後數年，忽無病卒。其後嗣因奪家資，停屍不殮。俄而屍蹶然興，拂然曰：『汝等嗜財如此，致同室操戈，何不念仁親爲寶歟？』驀然出門，棄家爲汗漫游，久竟不返。噫！廣寒宫高不可攀，蓬萊島遠難遍訪，茫茫湖海，何處覓孝廉船耶？

解脫紅塵骨未寒，蕭墻頃刻起爭端。參商兄弟知多少，論定何須到蓋棺。

## 自明僧坐化

吾里崇教寺僧自明，頗有清修名。里民有李廷照嘗以槍火取鳥，僧每苦勸之，不聽。李反以熱湯潑僧，僧不覺苦。圓寂前一日，凡平時熟識者，輒往辭別。比次日，諸客接踵至，見僧在殿場以一裹綫香燒着，箕踞柴上。香燼，遂燒其體，霎時坐化。烟頂現出和尚原形，飄然而去。同里有賈者，自富陽回，途遇此僧。托其至寺，轉致小沙彌，窗外曬僧鞋一雙，箱中碎銀一包，須一一收拾。遇見之日，即坐化次晨。小和尚照言尋覓，果符。我考晋佛圖澄，妙通元術，善誦神咒，能役使鬼神。腹旁有一孔，夜光照室。至取鉢盛水，燒香咒之，須臾，盆中生青蓮花。自明神通定不亞於澄，惜當年無人試其術耳。此乾隆年間事，其徒孫曾爲予言之。

若輩真同鬼蜮流，名山占盡托清修。本來佛法荒唐甚，何況無知似秃鶖。

## 吉穴

吴縣潘長公，好善樂施，歷久不倦。除夕有偷兒入匿暗室，潘君檢點門户，猝不及避，視之，識是鄰人某，以嗜賭故，計窮而至。公因給銀十兩，導以好言，勸習經營。某得銀後，改邪爲正，設小肆，家漸以裕。後潘公覓葬地，一時難得吉穴。尋至某處，見是好風水。有文筆峰環抱，恰與子午針相對，分寸不差。探問地主，即鄰人某也，因出價易之。渠感前恩，不較值。後哲嗣芝軒先生果中乾隆癸丑科狀元及第，登相位。雖係人傑地靈，未始非累積陰功所致也。

迫到飢寒亦可哀，竊鉤竊國漫相猜。請看袞袞登場者，尚要黄金暮夜來。

## 易舟免溺

族兄學能壯時，偶從黄泥堰看村賽，薄暮歸。趁一舟，已有七人。舟發半里，適遇鄰船丁三元，推篷招兄云：『汝舟中客太多，我舟人少，盍過我船，稍適意。』兄因跨丁舟。復行里許，倏起黑風，船簸揚不停，柁師失色。俄頃見前面舟覆，即是始趁之船，七人均溺死。兄年逾古稀，精神猶矍鑠，享壽竟至八旬。可知乘風鼓浪，死生自有定數。况修短不齊，將頌如山而添仙鶴之籌，何致咏覆舟而銜精衛之石耶？

同舟李郭話綢繆，春水三篙漲緑油。不是風波生頃刻，本來天地等浮漚。

## 西湖烏龍現形

杭城葉西溪，余赴試僑寓主人也。試後無事，與談西湖龍船會，緣追叙軼事。據云：乾隆時，有鉅賈購得烟火幾架，在西湖玩放。湖心搭一高臺，畫舫環繞，不下千萬。放至雙龍搶珠，映入波中，光芒射目。加以鉦鼓喧天，笙歌鼎沸，所紮之龍臨風動摇，波中鱗而亦蕩漾不停。更有火彈明如皓月，硫磺宛若驪珠。忽見黑風頓起，波浪滔天，有真龍蜿蜒而上。蓋龍潛在下，錯認火龍入水，意欲格鬥，騰空一躍，溺死生靈甚夥。比火熄風定，浪静波恬，覆舟不計其數。蓋人巧原奪天工，不必觀鬥淵而流元黄之血，但覺游龍掉尾，致慨精衛含寃矣。悲夫！

燭天燈火近雷峰，競渡端陽興更濃。恰笑葉公同肉眼，好龍未必好真龍。

## 粤省异迹

廣東巡撫署前有磚圍墻，洋商曾禀拆毁，願以銀照様奉償。傳聞墻下有寶，洋人目窺地下可至三尺深。又殺人犯之處下有血鱉成精，願出銀廿萬以易此地。中丞恐破風水，均不准。

波斯探寶説紛紛，劍氣珠光暗裏分。我有如箕兩青眼，要從大地看奇文。

## 煞神畏《易》失叉

浙省風俗，人死則有迎煞故事，由甲己子午遞推十八日，縮至九日而止。早一時，羽士設召，亡者床前及靈座桌底下均篩爐灰，召後倏印鳥迹，宛同鴻爪雪泥，尚不至如羅刹鳥之食人眼也，故不避亦無妨害。唯徽州煞最凶，俗呼『出殃』。里中人死，早數日立一旗，以令人知，雖子婦親戚，無不回避。有巨族迎煞，某先生膽素壯，至期，將雙扉虛掩，從門隙窺之。至日晡，陰風颯颯，毛骨悚然。見一藍面鬼，赤髮蝟奮，碧眼鈴圓，手持鐵叉，進來隨手擲下，鏗然有聲。洎入內室，先生啓户取叉，移置門内。復扃閉，移椅相靠，嵌《易經》一部於縫間，仍舊從隙中覘之。倏風聲又起，煞復出來，見其覓叉不得，凶猛形容，甚於金剛怒目，睒睒遍視，跳躍盤旋。漸次聲絶，見赤髮神踉蹌走，叉倏不見。俯睨地上，僅存一柄紙叉。嗣後此家煞神竟不敢來。

鍊得丹心鎮太虛，已教魍魎技無餘。苞符參罷羲經秘，有鬼何妨載一車。

## 金錢豹

寺浜内職思堂沈係余舅氏家，廳側有平屋三間，庭前植喬松一株，狀盤曲如虬龍，故齋額即顏之曰『卧松軒』。憶乾隆年間，月下有獸跳下，狀如小鹿，遍體毛似錢紋，俗呼金錢豹。嚮月而嘯，盤旋良久，復一躍上松梢，從墻頂躍去。此豹不隱霧而嘯月，安知峰環九九不爲南山之變種耶？其後沈亦無他。

把臂何人肯入林，龍鱗種得已成陰。嚴阿近日多充隱，莫嚮南山霧裏尋。

## 文引孫行者

一士子應鄉試，主考係世交，往討關節。雖不却，但云：『破題内須嵌「孫行者」方可中式。』至初九黎明，首題係『巍巍乎，唯天爲大，唯堯則之。』出題後，於號板面寫數十個『孫行者』，凝思不就，遂歎：『天乎！天乎！今日雖擅補天之術，欲使天衣無縫不可得矣。』隔號聞之，細詢緣故，某以實對。彼則曰：『迂哉！子也。「孫行者」誰能嵌於破題乎？』某猶不信，曰：『請參一解。』答云：『猿乃宋世嘉賓，嵌在破題乃破格，題名正許爾副鹿野承筐之選。』一時爲彼所紿，彼竟觸機得之。破云：『極擬唐帝之德，大聖齊天矣。』揭曉果中。蓋孫悟空曾嫌弼馬溫官小，自封齊天大聖。可知看《西游記》者，亦有裨於科名矣。因此而步蟾宫，洵可捧《登科記》頂戴曰：『此《千佛名經》也。』

笑煞官場等沐猴，文章勦襲有《西游》。縱教换得功名去，優孟衣冠亦可羞。

## 井圈斃虎

里之南鄉，向有虎患，夕陽西下，須結伴同行，以竹槍防護。乾隆時，村民家砌井圈於墻内，以便吠犬出入。是夜，虎入此圈，項不能出，力拔之，泥墻遽圮，虎被壓死。何必取歡舉山之劫律草搗汁淬竹刺之始能治虎也耶？

任爾咆哮幾度過，其如虎穴莫探何。爪牙似汝猶無用，始信人間陷阱多。

## 斷蛇復續

武原通園鎮有尹醫，一日寂坐窗前，瞥見樹上一蛇墜下，跌作兩段。尹盼蛇蜒至曠野，銜一顆草，吐涎粘於斷處，兩相湊合，踰時接牢，乃蜿蜒而去。後尹采此醫人，屢試屢驗。草雖不必表嘉名，然比諸藥籠中之續斷更徵效如神也，而尹接骨之名自此傳。

誰將靈藥搗元霜，瑶草琪花鬱异香。我欲求醫醫未得，十年前已斷柔腸。

## 吴郡神醫

姑蘇葉天士，有神醫之目。一日，轎過某門，聞哭聲甚哀。詢之居人，知有孕婦甫死，猶未蓋棺也。葉闖然入，將屍身諦視一過，告其家人云：『人固未死也。』遂以一針嚮胸刺入，婦漸甦醒，腹中兒亦隨下。人詰其故，答曰：『此乃抱心生也，針着孩手，因痛而手松，胎始得下。』謝以白金不受，但索棺蓋去作幌子，人遂知葉有回天之術。余謂杏林生意與蓮座慈悲一樣濟世也，天醫之聲名從此不朽。

青囊妙技有神針，軼事流傳到杏林。一自山莊荒掃雪，庸醫但有殺人心。

## 琥珀靈异

花園里祝氏向藏琥珀一枚，每於日中窺之，見内有一蟻盤旋，數十年來，歷久如故，究不知何以能入其中。或曰琥珀生在松下，能安魂定魄。當凝結時，蟻入其内，至堅固，靈氣所鍾，蟻亦得以長生。有似乎壺中九華、蝸角蠻觸者，然琥珀藏蟻與蟻穿九曲珠更异矣。曾有士人吟一絶云：『珠穿九曲比如何？松下鐘靈歲月多。旋磨形容同不息，無須夢境話南柯。』

學書學劍兩無成，蟻門纔聞意便驚。尚有長安游冶客，南柯夢裏説勛名。

## 拾蛋得銀

海昌周副爺親串中有馮某，畜群鴨於墳浜。春江水暖，緑映鴨頭，馮於日暮每至墓旁拾取群卵。一日，見有卵數顆，却嵌在洞中，深半尺許。掘之，土泥俱松，瞥見有大罈埋下，揭蓋視之，盡是白銀。馮某返家，密約其弟，至墳扛去，頓發千金，家遂小康。

悔不浮生老釣徒，一群野鶩幻飛蚨。詩人不厭酸寒氣，但畫蘆塘放鴨圖。

## 朱道人試法

姑蘇有朱道人，精符咒。所謂『丹鳳翔金鼎，蒼龍戲玉池』，六甲風雷，一壺天地，變化直俄傾間耳。一夕，張天師櫂至太湖，天氣晴朗，倏起罡風，船隨波上下，顛簸异常。真人將令牌一拍，召值日神駕雲拏訪。其時，元妙觀朱道人偶仿杯水芥舟之樣，戲以竹葉爲舟，浮在水碗，手捻筆管，吹水不住，一葉扁舟盤旋不已。神在雲中覘之，回來禀云：『是朱煉師試法。』天師即遣神賫名片擲下，道人見之，呼吸遂停。真人坐舟亦覺風平浪静矣。

不必舟撑十八灘，人情容易起狂瀾。神仙亦怕風波險，始信中流砥柱難。

## 茅山學法

山東臨清人蘇甲，往茅山學法。住至月餘，有老嫗私謂之曰：『汝若再住數天，性命危矣。』蘇屈膝求救。嫗云：『庵中人多以妖術攝人魂，夜夜畫符念咒，上應罡文，閲四十九天，魂出不可救藥，汝席下紅緑綫二條是據也。世有樟柳神，能以吉凶語人，即是生魂所托。汝明晨取綫藏在辮内，頭戴鐵鑊速逃，可以免禍。并捉雄鷄一隻，取小刀一柄，倘歸途聞釜上響聲，即將鷄刺死置釜。』蘇下山後，妖道即放飛刀追殺，及

第二刀飛回，已染血迹，乃刺死之鷄也。禍始免。左道旁門，本干例禁，蘇某留此餘生，可爲世間惑邪術者戒。

願列門墻亦太癡，吞刀嚼火有餘師。如何綫脚分明在，不是人間續命絲。

## 買畫得珠

廣東合浦人陳濟川，家極貧。至歲暮，益不聊生，妻以嫁衣使質庫度歲。歸途遇少年携一代圖，欲换青蚨，陳出千文買之。至家，妻詬曰：『饔飧不給，汝祖宗且不免類若敖之餒矣！猶欲替他人作子孫耶？』因隨手奪來，猛擲於地，跌去畫軸，却是玉瓚，滚出珍珠十二顆，大與桂圓相仿。陳售於賈客，竟得萬金。蓋少年先人本巨富，珠嵌軸中，原爲裕後計，固不期其以此易錢也。聞合浦生珠，入水撈取者不少，惟中有大蚌。嘉慶年間，有水鬼跳下探珠，蚌噴湧時，呼吸之間，殼一張，入即夾死，波中唯泛血水而已。得珠亦豈易易哉？

畫裏明珠信手拈，當年想見蓋藏嚴。冠裳絢爛鬚眉古，一貫青蚨價太廉。

## 拾瓶得銀

洞溪馬氏，邑中富室也。先世某本清貧，一日以妻將分娩，夜半出門邀收生婆回，行次足蹴一瓶。以爲此物可藏胞，拾之，覺甚重，諦視之，瓶内盡是白銀。後藏鏹作資本，家漸裕，不三世，富遂甲一邑云。

床頭準備聽呱呱，喜見遺金滿地鋪。救得此生寒乞相，鳳皇何日却將雛。

## 義牛

同里有估客自富陽回，據云道經義牛塚，詢之土人，知前有牧童放牛食草，倏而風生虎出，有啞人之狀。正跳躍間，童子伏牛腹下，牛以角觸虎，虎遂斃。後牛死，厚瘞之，樹以碑曰『義牛塚』。觀於此，則《詩》咏『牛羊腓字』一言，誠信而有徵矣。

飲犢真須到上流，横吹短笛思悠悠。諸君但解同安樂，我欲逃名去牧牛。

# 梓里名醫

比鄰金昌壽先生，昆仲二人，究心岐黄家言，治小兒痘症，尤能起死回生。宅中種橘鑿井，真如蘇氏之橘井流傳，濟人不淺。會有富家謝參一兩，以刀切之不斷，比燉熱一嚼，知有金針在内，每條抽出若干，恰好打作耳圈，因此遠近聞名。阮芸臺中丞曾延治危症，症愈，酬以銀，并贈『功匹良相』匾額，懸諸廳事以垂不朽名。

探秘青囊技絶倫，果然觸手便成春。先生自是嚴三點，可惜金針不度人。

# 見鬼定案

山東清平縣署主刑名者爲畢夢花，係四川江津人。時有謀奸傷命一案，意欲改作和奸，減輕罪名，以寓好生之意。猶豫未决時，譙樓方三下鼓，更夫過房外，柝聲倏止。明日詰其故，答云：『見房外有紅衣鬼，故不敢聲。』畢密唤僮兒買一套女衣，至三更，改扮立在房外，是夜更夫竟不過此房。次晨又問之，答曰：『前宵祇見一女，昨夜竟有二女同立，膽愈怯，而身不敢前，是以避走師爺卧房。』畢始悟婦人以名節爲重，操刀筆之權者，甚不可姑息養奸也。遂照例申詳，鬼於是不復現形矣。

三尺爰書勘不真，含寃地下更難伸。而今更覺風趨下，不慣生人慣殺人。

## 狐女望月

先大父順庵公宰江南沛邑時，予尚幼，隨侍署中。署後有樓五間，旁二間素鐍閉。一日，夕陽西匿，明月東升，有婢閑步後樓下，仰見樓窗上倚一婦人，年可十八九，丰姿韶秀，笑靨嫣然，手執烟筒作呼吸狀，顧盼流光，仰觀皓月。婢始不覺，既而悟樓上無人，急驚走訴於同人。有司更者云：『此乃狐仙也，我每夜擊柝過此間亦遇之，但稱以「仙」，定不作祟，若呼爲「狐精」，便抛磚投人，未有不血流至足也。』可知出口澆漓，狐且不能忍，而况於人乎？

相思有草潤流酥，三尺金筒任吸呼。近日更誇鴉片好，是狐是鬼兩模糊。

## 月下現鬼

余在沛署年餘，一夜月明如晝，嫗婢無事，群集樓下演《貂蟬拜月》以爲戲。正喧鬧間，倏見門内步出一黑衣嫗，曲背跎腰，狀甚醜陋。以縐紗包頭，垂下兩角，窸窣過窗前，徑去至西北角而滅。陰氣凛凛，月亦慘澹無光，婢等心甚悸。自此以後，雖遇三五良宵，冰輪皎潔，不敢再演《連環記》矣。

月光如水潑空庭，妖艷偏宜酒半醒。我是司空渾見慣，蛇神牛鬼總忘形。

## 狐女迷人

表叔沈拱樞髫齡時，在方家場某店習賈。一人獨卧樓上，時及二更，欻見西北角廂樓走出一年少女郎，身衣紅襖，面如傅粉，秀曼嬌姿，形容裊娜。前有俊童引路，手執燭燈，帶紅纓碗帽，約十二歲。此時，沈心已模糊，忽思啜茗，其童執燭隨到樓下呷茶。俄又欲小便及遺矢，俊童兩次照行。似醒如夢，恍惚不能自主。至三更後，幼童先去，少女漸覺近身，金蓮移動，玉體相親。沈兩手亂推，口不能言，竟夕難寐，神思已倦，不覺鷄鳴。天色既明，身已墜在床下矣。次日以此事告同人，答云：『汝昨宵果下樓三次。』纔知是狐。後同伴中亦於傍晚見之，此樓不敢再睡。

宵來贏得夢魂安，肯戀浮生半向歡。記取脚跟牢着好，下樓容易上樓難。

## 智慧星

同里顧慕韓先生爲諸生時，夜獨坐書齋，呼燈未至。忽見壁上有光圓如璧月，皎似明星，顧盼之頃，閃爍不停，俄而移去滅影。顧以所見告人，渠伯叔示云：『此乃智慧星也，若見光輝移時以口吸之，文思大進，不啻夢吞丹篆矣。』然顧君果於嘉慶丁丑科中式進士，見之亦未嘗無益。

劈得芙蓉五色箋，揮毫閃爍繞雲烟。君看篋裏詩千首，亦有光芒上燭天。

## 題照三易

江西王生，字龍賓，行十二。繪一小像，自題四言詩一首横列於上，題曰：『一貌堂堂，挂在書房。有人問起，王十二郎。』後以貧故，欲質錢於其弟。弟曰：『非我像也，得之何用？』兄曰：『無妨，請於每行下添二字：『一貌堂堂無比，挂在書房屋裏。有人問起何人？王十二郎阿弟。』以後其弟亦乏錢，轉售於兄，又添二字：『一貌堂堂無比之容，挂在書房屋裏之東。有人問起何人之照？王十二郎阿弟之兄。』此予業師顧省園茂才説於棠陰吟塾。

遺貌從來要取神，便他變賣畫中身。不然充作公家器，面目廬山已失真。

## 救縊投軍

羅軍門思舉，少失怙恃，家徒四壁，因寄食於舅氏家。身有膂力，性嗜摴蒱。夜歸，舅輒痛詈，然嗜賭終不能悛，因欲賺醉致之死。一夕，具酒肴餉甥曰：『今夜可多呷幾杯，以暢爾所欲。』夜分，舅先酩酊大醉，鼻有鼾聲。舅妗知其故，告之使逸去。

行至某縣，苦無資斧，不得已偷匿人室。躍上高樓，撬開承塵偷窺，見一紅衣婦人愁坐妝臺，手作支頤狀。俄爾背後來一女鬼，披髮吐舌，手搦一圈，作套項勢。羅急跳下，拚奪鬼圈，相持良久。適渠夫婿回來，詰何故夜入。羅具述真情，告以乏費，致行苟且，因夫人被鬼逼，故跳下救之。主感援救之恩，酬以白金三十兩。會有反寇滋事，羅投軍得首功，遞升至提督。羅嘗在蔣制軍席間，自述生平如此。朱明府半塘，時在蔣幕中，渠侄稼軒上舍爲余言之。

莫以饑驅歎路窮，潛身梁上亦英雄。從知將相原無種，半在風塵困頓中。

## 蛛食蜈蚣

予幼年在棠陰吟塾，時際卓午，倏見地有一蜈蚣，長約四五寸，首微起而不能蜒。予俯睨之，見桌背綱一細蜘蛛，一絲如懸針垂下，繫住蜈蚣。午後漸起漸高，釣至空中，迨日影西匿，而蜈蚣已僵挺矣。可知物無大小，柔者每能克剛，雖頭上雙鉗尖利如剪，竟不能一肆其毒，豈徒爲鷄口之甘餌哉？

蠢爾么麽幻入神，果然滿腹有經綸。六根不被情絲縛，方是逍遥物外身。

## 捫虱新談

吴門有蘇氏蘭姑，貌既娉婷，性又聰慧。一日，偕諸姊妹環集廳事觀劇，青衣一群繞若圍屏。蘭姑有幼弟古香，戲捉一虱，私置蘭姑髮際。虱盤旋鴉鬢，衆姊妹嬉笑不止。蘭姑不解其意，但覺梨花白臉，忽泛桃紅。表兄吴生玉成亦在座，乃趨近身前，捉虱捫之，説云：『定是婢等揎袖，帶在髻上。』蘭姑始酣消嬌暈，結解芳心。一夕，賞梅於吟香閣，蘭姑斟酒盈樽，以申謝悃。酒半酣，私謂吴生曰：『妹昔觀優獻醜，賴表兄捫虱而談，旁若無人。郎君器宇不凡，妹雖不能吐迴文織錦詞，寫寸腸之輾轉，然而意氣相投，願托終身以侍梁案，幸勿却。』吴感其情，即遣媒撮合締姻。新婚夜，口占一絶云：『觀優少艾集華堂，紅袖争妍整晚妝。捫虱一時生巧計，今宵始得譜求凰。』姑蘇士人傳爲佳話，因表美名曰『捫虱新談』。

争傳菊部唱陽春，妝出金雕玉琢身。却愛當年王景略，高談捫虱若無人。

## 篙入鬼圈

嘉慶年間，舟子朱天民，人雇之至吴郡。一夕泊市河，時當七月中旬，聞店樓紡織，軋軋厲鳴。至二更，聲漸斷續。欻見窗上憑一女，手一彩繩作圓圈勢。朱意謂以彩繩而作圓圈，是豈蟾窟嫦娥，繫紅絲而降臨月下？又豈鵲橋仙子，擲金梭而來聽機聲？然睹此同心結、連環結，大小累累，莫非投繯女之變相耶？於是挺篙套入圈内，倏而砉然一響，破竹聲如裂帛，始知此女果縊鬼也。乃躍岸探問其家，知此夕夫妻反目，因欲自經。可知伉儷間不能作交頸鴛鴦，使蝤蠐領誤入圈中者不少也。幸天民效漁夫之拔篙，真勝於倪寬解結矣。

一聲欸乃水雲鄉，軋軋鳴機夜色凉。不是慈航援苦海，險教交頸繫鴛鴦。

## 文昌閣祈夢

昌化有應童試者四人，預擬院試題，因祈夢於文帝。内一童夢帝君予以算書一册，展卷默識，衹見寫五句云：『逢十進一，逢八進一十，逢九進一，逢十進一，逢十進一。』夢醒述於同人，哄聚擬議。一童曰：『當是「志於道，據於德，依於仁，游於藝」，因「志」「德」「藝」三字分藏五句在内。』一人曰：『四句不像小試題，吾想算法從小九數打起，定是「小數也」句。』又一人曰：『上下統是十一，中間可略，必定是「其實皆什一也」句。』末一人曰：『所解尚未圓到，「皆十一」句貼上下三句則可，究竟脱去「逢八」「逢九」字面，或者是「請野九一而助，國中什一使自賦」二句。』四童因是每題作一篇，以冀徼倖。孰意入場是『執圭』二字，神言一一不爽，此科均不獲售。比次年發憤用功，并列膠庠，未始非默感文昌教化激勵而成也。可知士人以六經爲本，空用心思亦何益矣？

枵腹何曾富五車，笑他夢境尚蘧蘧。六經不載驅窮法，周髀教人讀算書。

## 聞笛動情

揚州某家女好弄簫，每遇三五良夜，對月横吹，墻外時有笛韵悠揚，若聞聲而和者。

女竊謂：『何處佳郎？不能睹其丰采，徒令月裏嫦娥，空念秋風攀桂客，能不心傷？』每想十里烟花，二分明月，廿四橋冰輪皎皎，誰共吹簫？以後墻邊花影風動時，輒疑有玉人來也。幽恨纏綿，思之成疾。延醫診視，據云左手寸脉澀滯，姑擬逍遥散以治之。越三日，醫復來，病轉劇，不言不語，若有所思。醫問青衣云：『尊小姐向來何好？』答曰：『好吹簫。』又問：『鄰近有聲音相和否？』答：『有笛聲。』因唤僮招吹笛人至家。比僮領來，却是一個赤鬅牧童，夜夜放牛食草，以吹笛消閑。因先令其在樓下吹弄，小姐聞聲，竟披衣起坐。及至登樓入房，笛聲引入香閨，小姐撩帳偷窺，見其面目可憎，恍然大悟，如此醜陋兒郎，被笛聲所誤！白眼一飄，紅樓夢醒矣。病亦霍然。

臨風吹出口脂香，合有清聲引鳳凰。卿是當年秦弄玉，要尋蕭史話凄凉。

## 集四書題點戲

江南諸生某新中解元，門前演劇，尚未開場。有友步入書齋，見桌上紅紙一張，排寫四書題十二行：

一、前以士，後以大夫；

二、以左右望而罔市利；

三、適蔡；

四、魯之削也滋甚；

五、后稷教民稼穡；

六、予與爾言；

七、子貢反；

八、陳良；

九、王在靈囿；

十、激而行之，可使在山；

十一、女子之嫁也，母命之；

十二、二嫂使治朕棲。

友詰其故。答曰：『此即點戲之題目也。「士升大夫」是《加官》；「左右罔利」是《招財》；《琵琶記》牛小姐配蔡伯喈，「適蔡」是《請郎花燭》；《三國志》魯肅討荊州甚削色，「魯之削也」句是《刀會》；「后稷教民」句是《勸農》；「予與爾言」是《陽告》；「子貢返」是《賜環》；《牡丹亭》杜麗娘先生係陳最良，「陳良」是《學堂》；「王在靈囿」是《游園》；「激行」兩句是《水漫》；「女子之嫁也」二句是《見娘》；「二嫂」句是《戲叔》。』友曰：『足下詩賦鹿鳴，心傾鳳管，點戲猶不脱書卷氣，宜其弁冕群英也。』

莫嚮春風再振翰，宦場久作戲場看。梨園子弟多高貴，袍笏分明要做官。

## 假鬼試僧

嘉慶辛未秋，有人自新倉來，云有盂蘭盆會，斯時有僧人某，搜神點鬼，誦咒極靈。黄昏時，觀者如堵墻；甫交子分，陰氣凛凛，人漸稀少；三更後，人鬼參半。凡新鬼、故鬼、藍面鬼、蓬頭鬼，自僧視之，俱了了。里中有牧牛子，欲試僧術，塗煤於臉，厠身人叢。始亦了無他异，比誦退鬼咒，真鬼潜去，獨假鬼立在几前。和尚以爲此鬼真倔强，因念金剛神咒一遍，撮米撒去，假鬼忽暈絶仆地。焰口散後，主人見之，灌以姜湯，良久乃蘇。詰其故，自言聽僧喃喃誦佛時，倏見四個長人至，又如石米着身，一驚而仆。蓋和尚目中第知色即是空，故心無恐怖，西來一粟，顯出大神通。不有主人，誰其喚醒牧人之夢耶？

似我名心已漸灰，逃禪願上雨花臺。而今化日光天下，尚有紛紛鬼蜮來。

## 返魂奇事

吾鄉西牌樓朱某號禮耕者，渠中年時，曾卧病月餘死。隔一晝夜，因屍不寒，家人故未殮。憶甫死時并無苦楚，不過神思恍惚，氣散難收，真與酣睡無异。身體輕倩异常，所到處天色如黄琉璃，無日光，飛沙撲面，足不履地。世傳黑臉閻王、牛頭、夜叉之變相，不一見也。但覺飄忽凌空，身如生翅，俄而望見城郭宫殿。忽有儀從無數，導引一人，其旌幢皆大書『勾王出巡』字。最後輿中坐一王者，身最長，青面修髯，即勾芒氏後勾王也。空中青鳥飛到碧霞宫，有少艾一群，共十八人，翠袖翩翩，風神奕奕。十八人舉手一招，如雲旌揮霍，不能自主。飄至西方，又見白旗白馬無算，所坐之人色白而方，即少昊氏後金王是也。飄上瑶臺，見白練縞衣仙女，分列左右，數合二九，如月殿嫦娥，風情俊逸。兩邊舉袖齊揮，又飄上南，復見赤旗赤幟，隊伍整齊如故，似有火氣逼人。朱冠朱紱，鬚髮盡赤，即祝融氏之後火王也。游至煉石仙居，亦有十八仙女擁立，衣裙采采，艷若紅榴，見朱舉袖齊拂，又飄落北。復見黑旗黑幟，王色黑多髭，即玄冥氏後玄王也。飄至烏雲洞，環立二九仙姝，衣服色如黑菊，天資雅淡，亦頗有風標，共在烏金石畔看元鶴回舞。衆仙女見朱某在側，趁勢吹嘘，如柳絮漾入晴空，飄揚無定。身忽高置山巔，有騎鶴老人，白鬚長臉，笑容可掬。傍有仙鹿二，銜瑶草琪葩，依依馴伏。仙童見朱，叱云：『此境豈容爾到？』伸手一推，連身滚下，痛不可耐。昏沉中似有奇香透入鼻觀，遂蘇，漸次復原。蓋魂氣輕靈，不必着翅而自能奮飛。因悟所見十八女子，即封家十八姨也。風系乎東西南北，即色分乎青白赤玄，女子拂袖，斯隨風而飄也。山上老人係南極仙翁，南斗主生，能增壽算，見鶴則有添壽之意。香氣撲鼻，正返魂香高燃寶鴨爐也。余家有田一頃，在朱處鄰近，因渠到市交易，時相過從，其自述原委如此。

我曾有夢上瑶京，大半群仙識姓名。不似人間嬌貴樣，殿中一帝一書生。

# 羞婦

江南豐縣朱陳村，有朱椿榮者，其子昌裕，性酷嗜賭。娶陳氏女，性極吝，見夫出必金盡始歸，輒詬誶不已，坐是常勃谿。後舉一男，椿榮命之名曰『詒謀』。翁嘗謂媳曰：『爾夫惑於迷龍，家資行蕩盡，今已喜長孫枝，我意欲絶喬梓之誼，捨子抱孫，汝則拋夫育子，庶幾家資可保，將來北堂萱茂，定可忘憂也。』婦欣然允諾。一夕，父殺鷄烹膳，以酒肉飫之，酒半酣，示子云：『我今宵令汝作波中客，勿爲厲於兹。』言畢，即命僕人以布囊套其頸。婦袖手旁觀，竟不緩頰求救。乃投諸河。會有廣東惠來人，姓倪字方穀，豪於貲，尚未有兒，販貨泊舟於此。前一夕，夢神告曰：『明宵聞水上有聲，速唤榜人援救螟蛉，可得食蔗佳境，啓後預卜榮華。』故此夜聞聲即救起。倪詢實情，朱不諱，自述原委。倪導以甘言。矢悛賭。於是同至粤省，易名福疇。倪有近族五房，均無後，每房爲之購美妾二人，倪翁亦爲之購二妾，輪流偎侍朱郎，以冀繁育，後果各生一子。覺十二金釵娉婷環繞，嫵媚娟麗，綉幄生春，蘭芽競秀，宛同十二龍賓。到粤十九載，家益富，積金至百萬。福疇追想前情，依依莫釋，因携銀一萬，復返江南貿易。覓至朱陳村，喬妝販綢客，到朱宅求售。此時詒謀年已逾冠矣，朱既易姓，丰采迥殊，陳氏故不認識。初昌裕去後，翁姑相繼謝世，家益落。氏支撐門户，幾至不給饔飧。福疇故問陳婦云：『令郎相貌魁梧，年方弱冠，未識已得佳婦否？』婦曰：『自二老殁後，親串中疏，執柯乏人，是以蹉跎歲月。』倪曰：『我願爲蹇脩月下，村少艾甚繁，何妨選擇？』婦答以貧富不均，恐難諧秦晋。客曰：『我一力擔當，無須過慮。』福疇遂往村中，選一無郎小姑，係富户也。出銀五百兩，以備交定納采之需。匝月迎娶過門，親鄰見其復振門楣，賀者如市。合巹之夕，倪君面南而坐，對新郎曰：『今日洞房歡會，燕爾興歌，都由媒人善爲調停，今夕令堂當陪飲三杯，以申謝悃。』婦感其情，絶無難色。高朋滿座，福疇正色對陳婦云：『我即是爾夫昌裕，因昔年投河時，適有廣東倪翁援溺，認作螟蛉子，現在嬌藏金屋，種植玉田，繼父之恩，銘刻不忘。』陳婦聞言，不覺面有赧顔。族中有善爲排解，勸其挈眷同行，以諧偕老，俾陳氏不作《白頭吟》。倪曰：『我當年雖愛樗蒲，先君立志抱孫，「詒謀」命名，早存深意。第夫婦分離，最慘不可作如是想。布囊套頸時，如此忍心，當日既白眼相垂，我又何必念紅絲之繫耶？况我在外十九年，險阻艱難備嘗之矣，今夜把盞踟躕，不堪回首。朱買臣拜會稽太守而不復戀前妻者，非以當初之忍心分别乎？船中尚剩銀九千五百兩，待我取給詒謀，以爲裕後計。爾竟舍夫靠子，堂樹薐草，洵可忘憂也。』剴切吐詞，毅然判袂。婦曰：『子兮子兮，别類梁間之燕；郎罷郎罷，分開鏡裏之鸞。事既如此，無可挽回。迨至春色惱人，燈摇紅暈，鄉認黑甜，一刻正值千金，奈癡夢屢破，隱恨當日片念之忍，雖悔莫追矣。』此事係幼年父老傳聞，强記之，以録於是編，亦可於《聞見异辭》册中增一段佳話也。

險做波臣老水鄉，忍將行路等蕭郎。何圖占盡鮫宫福，平視金釵十二行。

# 卷三

## 己卯解元

江南有諸生，於己卯七月初途遇測字者，思以卜之。隨手拈一紙團，展開是『死』字，心甚怏怏。渠問何用。答以卜名。渠賀云：『今科定中解元。』生曰：『如果占魁，當謝白金十兩，請先生解之。』答云：『「死」字以一畫開先，「夕」下加「口」是「名」字，一名非解元乎？右邊「匕」字，略爲修飾，像「己」字。今年己卯，中元無疑。』比挂榜，果冠群英，測字生竟領銀而去。因思鎮江之許渾，啓後不乏通才，使己卯解頭泛孝廉船而至丁卯橋側，以朔日之佳讖告許，則撫今思昔，定重傅月旦評矣。

折得蟾宫頂上枝，此中妙諦問誰知。金釵莫笑深閨擲，兩樣情懷一樣癡。

## 認前世姊妹

吾鄉桐溪馬君婦，體發巨㾫，久不脱痂，非華陀復生，幾難醫治。因卜諸乩仙，灰盤書云：『馬母前身，在湖州浮玉山以上爲優婆夷，結一小尼爲妹，矢志修行。嗣後禪心漸滅，不願效洛陽阿潘，竟想《孽海記》仙桃庵作下山之計。妹亦效妙常思凡，後還俗，庵遂廢。今若出銀五百兩，詣某處修整，庶幾夙願乃了，毒亦可痊。』馬問前世妹托生何處，盤復書云：『現爲無錫秦君婦，亦係巨族。』於是賫銀遵乩諭前往，人地兩符。愈一毒而聯一親串，事亦奇矣。想當日二人，始也持戒焚香，《咏尼詩》所謂『柏子烟清薰玉骨，梅花月冷映冰姿。此生滅却紅塵夢，雪竹霜筠并獨持』四語，定時時三復。迨幾度春風，桃李爛漫，又觸着徐玉泉《尼姑還俗》之咏矣，所謂『試宿頓知鴛夢暖，乍妝猶覺鳳釵奢。禪心匪爲春心貳，女子生而願有家』四語，又心焉識之。一則擁金釵而影摇馬帳；一則吹玉簫而韵入秦樓。輪回證果，乩語正當頭棒喝也。彼夢謝優曇，姊妹花已開兩處。『願爲一滴楊枝水，灑作人間并蒂蓮。』三復小青詩，固知蒲柳餘生，塵緣未易斷也。

一點禪燈照夢孤，是空是色兩模糊。祇園種得菩提樹，怕有春風舞鸜鵒。

## 雷神現形

同里吏部橋賈某，於嘉慶年間雇裴船買絲，棹至包家山漾口，忽聞迅雷震耳，與坐船相後先。賈偶顧艄上，祇見一雷神蹲踞怒視，青面鳥形，火光射目。遂問裴云：『汝有何不端？快説明！庶免死。』裴戰慄言曰：『因貪客人銀洋，偶起殺心，欲將砒霜納入飯鍋，然猶未也。』客曰：『速投於河！尚可免誅。』裴從其言，跳珠頓歇，霽色復開矣。

不是神通顯上方，誰從水國息強梁。抽絲爲語舟中客，莫綉平原綉阿香。

## 蛇跌鱉

九江汪花潭兄弟二人，因分家資不勻，將搆訟。其弟偶往鄉村，倏見樹上一蛇，連跌下數次，倏變爲鱉。會有村童捉去，汪尾童所之，却售於兄。弟因據實告曰：

『不料蹣跚雅步，乃呥舌摇尾之變相耶！』竟不分餐。

『此係蛇跌鱉也。如不信，請試之。』兄將鱉倒挂半日，復變作蛇。遂恍然歎曰：

歎息分荆涕滿巾，豈知樂事是天倫。燃萁煮豆相煎急，誰似姜家被裏人。

## 大鳥食蛇

河南某縣有巨族，廳上歲栖雙燕，每乳燕甫出，輒被巨蛇吞齧。一日，主人某坐几前，聆蛇又至。俄頃，晝忽暝，始疑日被雲遮，不置意。一轉瞬，瞥見巨鳥飛下，狀如鶴，嚮蛇頭啄斃而去。或曰鳥本能言，想梁間語燕，久恨長蛇，定必流杜鵑之血，調鸚鵡之舌，向大鳥前歷訴苦衷，而始以一啄泄其憤歟？

破巢危卵久心驚，誰肯尋仇雪不平。效得秦庭三日哭，烏衣國裏有奇兵。

## 腿生蜈蚣

同里漳河口吴玉田忽患股痛，月餘，潰爛殆盡，咬出一白蜈蚣，長四寸許，蠕蠕而動，人竟爛死。或曰此人有宿孽故也。或曰食具有殘炙，隔宿，蜈蚣生子在内，食時不謹，毒氣積久而成形，致有此患。夫蜈蚣盛在竹管，見蛇，以氣禁之，蛇且死，而况於人乎？

想是前冤欲報時，膝行已悔此生遲。患來肘腋今多少，可惜呻吟客未知。

## 大蝦

寺浜内有鮑氏幼女，當嘉慶年間，梅雨連綿，河水陡長，游魚幾遍厨下。鮑女手一大蝦入内，長尺許，其母叱令急放河中。俄而幼女不見，疑其溺死，即焚紙鏹於水面，流至中央而定。以篙插下，屍果上浮。精衛冤魂之變相，不徒蝗化爲蝦也，彼夫海客聘長鬚，何可同日而語耶？

春雨桃花漲滿津，誰將流水了前因。陳王賦裏凌波襪，真個人間有洛神。

## 落鬼胎

同里高穩婆，夜分忽聞剥啄聲甚急，啓户視之，有老媪唤去收生。隨行至鄉，遠望一燈熒熒，寂無人聲。逡巡引入内室，見産婦以黑帕蒙首，上下徧穿黑衣。俄頃産一男，謝以銀錠。昧旦回來，東方漸明，匆遽間遺一衣於産室中，即轉身去覓。至故處，唯見一古墓，衣猶挂於樹梢，因探視囊銀，乃是錫錁，始悟夜間所落嬰孩是鬼胎也。噫！紅粉已歸黄土，則有娠早入膏肓之間矣。欲哺乳而誰剥鷄頭，置平林而恐無鳥覆，當日倘聞此呱啼，能無代爲踟躕耶？

白楊蕭瑟鎖荒烟，唱斷秋墳不計年。滿地紙灰蝴蝶樣，分明地下洗兒錢。

## 腹蟲

王甲，居袁花之南小山圩，時患腹痛，服藥無效。一日，來一祝由科，因詣求醫。示以腹内有蟲，囑其燒一鍋油，口嚮熱油。良久，喉中突出黑蟲一條，約六七寸許，兩眼紅若硃砂。以鐵鉗接之，腹痛忽愈。據云蟲係髮絲所變，食時誤吞髮根，被血裹住，得生人氣遂活。蓋髮刷油而光可鑒，煎熬時蟲聞香氣，不必用符咒而自能引出。此與腹生應聲蟲以雷丸制之者相反。若不遇此醫，王之性命危矣。飲食之頃，可不慎哉？

有客神通擅杏林，救他吞火與吞鋮。此絲名本呼煩惱，惹得奇殃到腹心。

## 里正遇牛頭馬面

袁南有地保某，進城完銀，道出渾水石橋時，將子分，途遇二人，負一布包，互相問答。某詰以何往，漫答云：『有公事入城。』行四五里，月色黯淡，見二人至墻角立定，窣察有聲。私覘之，衹見放開負包，取出牛頭馬面假臉，套在頭上，踰垣而入。猶疑偷兒改扮，故不恐。未幾，舉家哭聲達户外，始悟鬼物所變。《詩》曰：『爲鬼爲蜮。』又曰：『有靦面目。』其變幻而不可測者，即此二人之謂歟？

月色朦朧夜氣寒，行來牛鬼且盤桓。人情變幻都如此，莫作廬山面目看。

## 卜課靈應

同里南街陸某，忽得暴疾，甚劇。夢一長人，高冠白衣，危坐車中，嚮陸求食。

黑甜甫破，身體焦灼，忽隱忽現，猶恍惚在床前，因問卜於東鄰金名山。是日，天適雨，金筮之，曰：『兑下離上，其卦遇「睽」。「睽」之上九：「載鬼一車。」蓋離應南方，鬼車示象，應犯喪車煞，祀之可愈。况今日陰雨，象筮遇雨之吉，洵不虚占。』於是買牲醴，延羽士祀之，心胸漸爽，病亦霍然。

當年載筆走京華，策蹇行行敢自誇。忽有雷聲驚夢裏，傳來餓鬼亦高車。

## 鬼畏《易》

孫炳芝向設米肆於丁家板橋，有店夥秦德元者，曾縊死於内。後復用王某，甫兩月，抱病卧床，夜分，口呼『秦德兄』，喃喃不住。因送歸渠家，詣問卜者，云：『有縊鬼隱附在身，三更須引鬼送入孫肆，方能脱體。』王之戚屬乃以故告知孫，孫漫應之曰：『可。』比夜，孫以《易經》一部嵌肆門中。俄王家焚紙鏹，引鬼出門，至孫肆始回。次晨，聞病人云：『昨宵到孫氏肆前，有八卦陣圖擋住，故不能入。』渠家見其屢欲雉經，所有汗巾帶條收藏殆盡，唯足上少一襪帶。問之，答曰：『早失落在店。』倏一夕，聲息寂然，急登樓視之，衹見頸繫襪帶而死，并不打結，帶之半猶在枕底。可知凡自經者必有祟，襪帶失去時已奄奄待斃矣，豈同邯鄲枕頭可以夢覺黄粱耶？

變得么麽隙裏過，先天列陣似星羅。看他一畫包藏富，不怕啾啾鬼語多。

## 溺鬼如豕

里中方家埸，臨河曠地也，常有溺鬼現形。一夕，人傍岸了願，焚紙鏹時，倏見水中浮起一物，狀如豕。躑躅至岸，見酒肉輒吞噬，食盡而去，復入水。因思「睽」之上九『載鬼』與『見豕』并占，然其象『上火下澤』，則在水爲鬼，近火而變爲豕者，理有固然矣。何必燃温嶠之犀然後見彭生之豕立而啼哉？

載鬼分明筮《易》爻，殘杯冷炙當充庖。笑他征逐紛紛者，多少名流耐豕交。

## 雌雉預兆

表叔沈方川，嘗偕孫炳芝往鄉村。時際八月廿七，忽見雌雉飛集桑間，向沈三嗅而作。孫告沈云：『不出三日，君家恐有變矣。』沈初不之信，比廿九夜子分，沈妻以暴病亡。後往孫詰其故，孫云：『酉月屬鷄，三嗅應三日。雉雊桑祥，古人曾深警惕。雌雉三嗅，非應内助有變歟？』雖係孫觸機生感，一時咸信服之。

漫言蟲鳥任天機，物理參來妙入微。怪道東陽腰太瘦，可憐一曲《雉朝飛》。

## 收租遇鬼

同里東市顧宅，爲表叔沈拱樞之母舅家。一日，沈隨舅氏詣鄉收租，舟行數里，始至田家。泊舟荒渡時，則蘆雪慘白，楓葉飄紅，滿目凄凉，陰雲密布。薄暮，沈在船照料，令工人運米裝船。往返兩次，工人忽不見。田家疑其在舟中息肩，沈亦疑其在田家省力。比舅氏至舟中詢工人踪迹，沈云：『入船二次，久不來矣。』即唤舟子，四野遍尋。遠見荒墓中有光，乍明乍滅，即之，乃工人也。手携燈籠，已將衣衫遮住，燭剩寸許，身伏於地，昏迷不省人事。連批其頰，始開眼能言。詢其故，答云：『我自第二次上岸，步至轉彎處，有一人引路到此。』以後竟不自知。一燈青熒無焰，若再緩片刻，恐蠟炬成灰，將變爲鬼燐矣。生死直在俄頃間也，數非有前定哉？

一夕西風刮地凉，推篷聊復泊寒塘。長鬚豈有如花貌，高燭還勞照海棠。

## 捉蟋蟀遇鬼

姜醫伯玉，秋日將往妙果山坡下捉蟋蟀。曾謂沈乙曰：『我雖不能製金籠以供玩好，然歲聿雲暮，《風》詩「蟋蟀在堂」之咏，豈能忘情耶？』於是張燈同行，四顧無人，但聞籬邊蛩韵啾啾，其聲頗幽。正欲物色於頹垣衰草間，瞥見籬外一鷄伏地，沈以兩手捧之，其冷如冰。一時飛樸驚鳴，蠟炬倏熄。沈謂姜曰：『此鷄莫非與精衛同類乎？不然何驚鳴而滅迹也。』少頃，遂偕歸。次日，復至坡下，細認前夕鷄伏處，見是一顆骷骸，乃驚絶。未幾，而沈果病亡。

一穗疏花上草蟲，冷披殘月立秋風。半開堂祇餘殘碣，莫去西湖説相公。

# 翠鸞

湖廣王孝廉，字芳遲，甫結朱陳，適以北上期迫，未及娶。比捷南宮，乞假旋里完姻。一路出京，途遇一絶色女郎，明璫炫服，光艷奪人，裙底弓鞋，纖尤可愛。一雙柳眼，兩頰梨渦，足令見者爲情顛倒。手抱琵琶，珠喉宛轉，音流車右，爽挹清風。王生側耳而聽，停車目送，俄邀女子入旅店，細細詰其姓氏。據云：『儂係鳳陽人，姓金，字翠鸞，年十七歲。』生復命女子卸妝。翠鸞卸去外服，短衣窄袖，越顯得細骨輕軀，不減名家之以百琲珠換得者。遂促其歌曲侑酒，見其朱唇乍囀，百媚俱生。歌曰：『金釧頻窺玉鏡臺，新婦雪肌潔白，卸妝纔。綉被羞難共入，枕上被郎催。欲脱鳳頭鞋子，復徘徊。』又歌曰：『新人體態儀容俏，絶世丰神巧樣妝。譜求凰，一曲一曲音嘹亮。摇曳娉婷在畫堂，臉横秋水，春暖牙床。含羞卸綉裳，半是推郎，半是就郎。錦衾裹軟語低聲，聽不爽。』唱畢，其聲清以越。此時面映紅燈，丰姿尤艷，而音韵玲瓏，體態裊娜，真如燕舞鶯啼，莫名其狀。生傾聽至夜半，以手拍女郎之肩，不覺大贊曰：『如此妙音，令我春心撩亂也。未識愛卿能令我真個消魂否？』翠鸞曰：

『公子須自貴重，奴家糊口無資，藉以度日，實非賣笑可比。若視奴家爲青樓歌妓，希圖苟合，奴即不敢自愛，其如公子聲名何？敢以葑菲微忱，作芻蕘之獻，不至視奴言爲糞土，則厚幸矣！』生且憐且喜，即以青蚨三千贈之，并速之去。生抵家後，合巹之夕，追録此曲，與新婦并坐牙床，試其腔調，而夫人亦歎賞不置也。

六萌車轡憶京華，酒綠燈紅問狹邪。我是江州舊司馬，年來已怕聽琵琶。

## 捉雲

拱樞沈表叔，從曠野來，常見雲從山出，則陰天；將霽，雲復入山。此言余始疑之，後余赴武原，以此事告親友，内有一叟示余曰：『令親之言不爾欺也。我嘗偕友登泰山巔，見雲起於山腰，友謂我曰：「雲可以捉。」我答曰：「古詩云『閑看兒童捉柳花』，從未聞有捉雲者。」友曰：「我試捉之爲君看，何如？」乃喚家僮移一罈，以罈口倒合山洞，踰時以蓋塞之，移罈返家置密室，揭開罈蓋，果透出一片白雲。梁間繚繞，座上氤氲，恍似篆烟裊裊，宕漾良久，輕影凌空，其氣凝而不散。俄頃，窗外有人鑽一細隙偷窺，雲即如游絲一縷，從隙中出。』渠曾目睹停雲，故爲余言之。

晴空舒卷氣氤氲，携入蕭齋掃俗氛。我有浣花牋一幅，閑來揮灑作烟雲。

## 義　犬

同里唐某，向開磨坊。一日，從南更樓來，見凉亭内有乞人縛犬，將殺之。犬見唐，似有乞憐狀。唐乃出千錢買之，犬尾唐至店，豢之頗馴。後往富陽販牛，犬亦隨去。唐獨行僻野，背後倏有人趕上，以麻囊套唐頸。唐所携貲搜括殆盡，復推唐入溪中而去。時犬尾凶手至寺。次日，適遇縣役，咬衣不放。役疑之，戲嚮犬云：『爾如有冤，我隨汝去。』犬摇尾作聲應之，遂同行。至原路，見犬躍入溪中，幸水淺，人未死。詢之，始知顛末。役又語犬曰：『謀財之人亦需汝同去覓。』犬又向役作應聲狀。於是，又同至一野寺，犬向和尚齧之。役即拘拿至衙，一訊而服，人贜并獲。唐復得失銀，販牛回家，以肉飫之。越三年，犬托夢欲在城中北寺聽經。次日，犬竟戒葷。唐即牽之去，以實情告僧，幫貼飯米。又年餘，復托一夢，據云將死。唐即至城視，犬已絶食矣，奄然而斃。唐置瓦缶埋之。蓋犬有靈性，自古爲然，有此義犬，不與繫筒傳書，陸機使通竹報、灑草救主，楊生得免火灾并垂不朽名耶？

亦知行路大艱難，襆被長途吊影單。僮僕漫誇關痛癢，輸他義膽與忠肝。

## 僵屍食螺

辛巳中秋，余家寶綸堂甫落成，匠人蔣某告余云：前夕曾約三友，借臨近閑房門葉子，内有一棺，積塵寸許，始不介意，外一童煮茶作伴。夜方半，棺中忽砰然有聲，俄而棺自開，有屍挺走。童方捧茶進，見之，驚仆於地。四人亦駭絶，以爲我等不能遨迷龍呵護，反恐骷髏吹氣，因躲伏几下偷窺。僵倏挺立几旁，意殊獰惡，然爪雖長而腰不能曲，不致攫食。衹見面若死灰，目眶内陷，跳躍而去，鷄鳴始回，依舊入棺，縫合如故。比天明，諦視柩下，唯有螺殼一堆。聞屍甫成僵，始食螺螄，既食羊豕，終而食人。迨四人以所見情形勸停柩之家積薪焚化，劈棺視之，見屍遍體白毛，并有螺殼在内。若非鬥葉子以消閑，恐近處人民必致食肉而寢皮矣，然則嗜賭者亦有時益人也。

幻氣游魂孰主張，埋身泉壤尚披猖。詩人莫漫誇長爪，亦有屍居似李郎。

## 縊鬼照鏡

溆浦許乙，以織絲爲業。曾往某家織綢，夜宿樓上，見卧室精潔，一切器用簇簇生新。心甚疑，不敢滅燭，和衣而睡。將交子分，忽聞梯下有綉屧聲連步上樓，許從帳内窺之，見紅衣女子窸窣至燈前，對鏡整容，延佇良久。許私念：我無織雲錦裳手段，今宵豈天孫降臨，以支機石授我耶？已而步至床前，似欲撩帳。許兩手拽之，不使放，女乃下樓。比明日，以所見私詢近鄰，始知去年此家新婦迎娶甫兩月，曾縊死於樓中。

生小嬋娟艷玉容，而今妝閣久塵封。知他照罷菱花鏡，不唱憐儂唱懊儂。

## 火神

道光壬午歲，族叔華堂自收逋回家，夕陽西沉，欻見一老人在前，鬚眉蒼古，回問叔曰：『北莊橋從何處去？』手提一燈，號『火府明離宮』五字。心疑祝融回禄變化前來，因隨口應聲，讓他過去。走里許，有四五人家，遂問：『見此老否？』又問：『寺院中有此燈籠否？』咸云不見。將半月，橋南數家均遭鬱攸之厄，始悟途遇之老果火神也。

一炬俄驚剩劫灰，人生禍福有根荄。現身亦是慈悲意，要望池魚自挽回。

## 甲申噩夢

余於甲申春季夢見一役，拘余兄弟二人至一殿宇，中坐一神，淡紅臉如東岳模樣。余禀神云：『弟子所不忍離家者，徒以有父母在。』神曰：『汝尚有孝心，放汝回家亦無不可。』兄默無一語。閏七月初十，兄竟棄世。

人生百行孝爲先，一語精誠格帝天。讀得《蓼莪》詩幾句，盡教仙籍注長年。

## 乙酉夢變

余家洗心庵前有桐樹二，乙酉仲春，余夢忽少其一，次日以夢兆告同人。先君子聞之，不禁愕然，因示余云：『古人曾以桐葉封弟，我嘗撫此二桐，愛其萋萋莘莘，於桐華始放候，每逾常華。但汝夢僅存其一，恐手足二人難免有折肱夷股之占。』遂問余左右情形，余稟云：『大小模糊矣。』不料五月廿七，先君子竟歸道山。今桐樹如故，而欲求一日之養已不可得矣，思之憮然。

孤露如余太可憐，與君同抱恨終天。餘生托得椿萱蔭，努力還期慰九泉。

## 夢見神聯

同里查獲園明經，曾夢至一處，山深林密，曲折回環，琪葩瑶草之旁咫尺間有玉殿一座，廟宇巍峨。入見兩楹懸一聯，上聯：『愛河易竭，欲海難填，我佛祖所以慈悲設法。』下聯：『猛虎顛頭，癡猿下泪，爾世人何不絶早回心。』醒後憶其詞，不知何所指。及乙酉抱喪明之痛，因悟次郎係壬申命，蓋寅申相冲，虎顛頭而猿自下泪矣。始悟神言之不爽。

夢裏分明謁帝閽，要他慧力剗情根。如如妙諦非非想，知是名言是寓言。

# 夜半呼名

武原張春溪先生，少極貧，家徒四壁，落拓江湖。棄家爲汗漫游，一路至京，逆旅乏費，風雪窮途。偶宿鷄毛廠，時至夜半，忽聞外有人聲連呼己名，張疾趨出，廠已坍矣，壓死者殊夥。張後由國史館議叙府經歷，復以平反得功，歷升安肅道。可知享盛名、膺顯秩者，鬼神亦隨身呵護也。時丙戌仲春，先大父述其事，命余志之如此。

七尺昂藏負此生，大呼天地太無情。而今不效唐衢哭，倘有神人識姓名。

# 妖道

武原查某，途遇羽流，素未識面，忽告之曰：『先太爺生平有二過，人所不知，現在冥府受苦，須懺悔可消。』蓋知父莫若子，因羽士語言暗合，遂詰其何處設壇。答云：『宜西湖僻徑，以避塵喧。』於是偕赴省垣，至西泠，覓一幽處，人迹罕到，建廠設壇，桌上陳列金銀器，約值千金。比羽士喃喃誦咒，查某陰靈果攝來，但見死灰其色，槁木其形。阿郎見之，揮涕而已。正欲收泪問故，道士云：『陰陽相隔，不可泄漏天機，老爺且暫退避。』言畢，一陣黑風，道士竟遁形，陳設各件，一齊滅迹。此與《新齊諧》所書『妖道煉法易形圖財』等語，真是一流人。

空嚮妖流苦乞哀，泥犁獄豈爲君開。閻羅不似人間樣，那許金銀賄賂來。

## 關神顯聖

楊侯遇春平張格爾後奏稱：『張逆在葉爾羌時，勢甚披猖。當丁亥除夕，渠魁偕小卒閑玩登山，楊公趁其無備，奮勇出擒。張逆將竄回頭，見天上紅光一片，現出神人，赤面長髯，知是伏魔大帝顯聖，心甚驚悸，步履踉蹌，遂束手受縛。』詔封神，加『威顯』二字。嗣後獻俘寸磔時，剖出心肝，視其膽大如鷄卵，置之盤中，猶躍高至五六寸。當日閲邸抄者，原委無不詳悉。特歷久恐忘，余因補列是編，俾人知神威之弗爽云。

兩字精忠矢不刊，千秋同仰此心丹。當年幸脱華容道，鼠膽應知破阿瞞。

## 奎光豫兆

浙省前有名宿，文不屑摹時樣，故屢躓名場。不獨科歲試難列前茅，即録遺甚至不取。比八月初六日，主司將入簾，渠乘中丞出，攀輿求收。隨至弼教坊，中丞示云：『本部院有一對，汝能對方許入闈：「百弓弓孝文弼教。」』渠沉吟良久，至『天開文運』處，仍未能對。一進龍門，仰見明遠樓黄旗大書『奎光』二字，因觸機對曰：『大土土小兀奎光。』撫憲賞其對之工，乃備卷收録。榜發，竟獲解。戊子七月十八，余偕祝辛伯茂才赴省録遺，二更後，明月照舟，揮麈清談。因渠設帳省垣有年，聞杭人談及此事，故爲余述之。

衡文持尺笑冬烘，眼太朦朧腹太空。祇道盈門桃李好，豈知爨下有枯桐。

## 大芭蕉

查丈庭槐，善栽種，或遷徙，無不活，且碩茂，蚤實以蕃，雖橐駝復生，不復能過。昔年在新倉汪宅，曾種芭蕉一株，長約五六尺。當霜降露凝，他植者於此時其本皆倒，而查君設想如抽蕉心層出不窮。將近小春，其本用稻柴密紥，次年清明後方抽芽，將頂上之薪鬆開，此年夏，較他家已長一倍矣。如是三年，高至二丈，忽生花一朵，大如銅盆，色淡緑，花中有甘露，甜於蜜，咸以瓢汲之。一日，傭僕移梯倚蕉，因争食，其樹乃倒，其家亦漸衰。

種蕉愛住緑天寬，分付修篁不許彈。但得脚跟牢處立，出人頭地本無難。

## 劉誠意覆地

戊子秋，余家以卜壤，購地於菩提寺側。曾托戚屬問諸乩仙，灰盤書云：『始來係木子山人，示云：「許子欲卜窀穸，我已代請劉誠意來，寸香可到。」』少頃，至壇，盤復書云：『菩提名區，是我當日熟游之地，當爲君重游，以定是非。』俄回來，題詩於盤，起句：『菩提山下卜牛眠。』末句云：『千年香火永團圓。』中兩句已忘記，又云『點穴宜癸山丁嚮』及『巽水來龍』云云。後硤石吴君榕園、同里顧君作霖暨查公春園喬梓定嚮與乩語同。

香火千秋共一龕，松楸清蔭近茅庵。分明大好牛眠地，何况神仙錫指南。

## 庚寅奇夢

余於庚寅九秋卧病三月，甚劇。一夕，夢見衆鬼逼余，余怖甚。忽旁有老者授余一鏡，囑余云：『汝執此鏡，可以隱身。』余回顧，後見藍面鬼、赤髮鬼追甚急，乃隱身山邊，冀得脱。俄見赤面緑袍神，身騎赤兔馬，提一柄青龍偃月刀，將衆鬼驅散。余因此驚醒，脊背汗流。黑甜鄉中，仗漢壽亭侯之呵護不淺。次年二月，疾始痊。此後敬奉神像，不敢懈，有疑事，卜之以籤，亦奇驗。

余憶癸未元旦，祈功名，係二十九籤，末句云：『天須還汝舊青氈。』此年果入泮。又戊子會課，山長係武原陳北山先生，祈籤有『北山門下好安居』句，果取列上卷。如此類者，不一而足。此二籤尤靈應之顯著也，特附録於後。

伏魔盗寇仗神靈，路鬼揶揄盡匿形。覺世一編曾讀過，有人要作《衛生經》。

## 萬字佳兆叠應

同里查仙眉孝廉，名傳瑩，應童試時，曾詣關帝廟祈一終身籤，句云：『君今庚甲未亨通，且嚮江頭作釣翁。玉兔重生應發迹，萬人頭上逞英雄。』後果以庚辰入泮，甲申考列一等，至庚寅食廩餼，始悟『庚甲亨通』之應。迨辛卯鄉試，私意必售，以應『玉兔發迹』句，此科果膺鶚薦。甲午科亦列房備，自念庚甲歷有小驗，不能大遂所欲。洎乎己未春，又得一夢，見二人把晤，一人問曰：『人臣見君未知禮數，若何？』一人答云：『汝欲知君臣相見禮，祇須領略戲中規模可也。』渠又詰云：『戲中規模若何？』答曰：『不觀《千鐘禄·奏朝》乎？「臣都察院陳瑛朝見，願我皇萬歲、萬歲、萬萬歲。」』仙眉聞之，不覺拍手大笑，遂醒。此科坐『萬』字號，『文不知命』二節小講，起二句云：『且萬物有各正之原，萬世有共由之準。』三個『萬』字，即應戲中三『萬』之頌。然憶籤經四句，首句應在未年，次句應主考姓翁，末句『萬人』應坐『萬』字號，一一不爽。夫『萬』，盈數也，浙闈坐號逾萬，蓋萬人爲傑。仙眉名登虎榜，又列高魁，真萬選青錢之技。然則籤語列萬人夢，聽呼『萬歲』，坐號填『萬』字，作文用『萬物』『萬世』，佳兆叠應，詎不信夫？

京洛當年共去留，而今宿草滿山丘。已知世事文章賤，莫再才名噪玉樓。

## 花神

鴛湖有陳氏女，結褵之夕，甫入洞房，親串中有年少郎隨婦入房，驀見房内先立一美人，身長如束竿，高新婦一身有半。驚極，仆於地，兩目直瞪，口角流涎不止。遂請新婦以手按胸前，捫搎四十九遍，并用兜簻連拂三次乃甦，人咸曰沖犯花神故也。故形家揀選吉期，大小利外，須避花粉煞。或云本命與吉日天克地沖，尤當謹避，如甲子遇庚午，甲戌遇庚辰，凡六甲仿此；丁卯遇癸酉，丁丑遇癸未，凡六丁仿此。彼少年人未諳子平術，所以沖花神者十八九矣。

今夕黄姑正渡河，齊來綉闥識仙娥。此鄉我道温柔甚，不信而中忌諱多。

## 鼉龍

歲乙未八月，余以試事晋省，過市中，游人稠密，圜若堵墻。余視之，見木桶内有兩物，小者長約二尺，大者約四尺許，其形與蛇龍相仿。觀者咸云看大蛇龍，孰知此物鼉龍耶！

紛紛人語雜喧嘩，聞見何曾勝井蛙。一物不知儒者耻，肯將淹博讓張華。

## 孔雀

同時同地，見二人扛一長籠，約丈餘，放出一彩禽，招紙寫『外洋青鸞』。身約二尺，尾長至七八尺，闊約尺餘，高約尺半。尾狀如帚，毛金碧色，如三眼花翎模樣。以白布數十丈圍住，至起舞時，其尾一竪，恍似錦屏，映日翩翻，晃摇萬個金錢。孔雀屏開，光彩射日，真是巨觀。

空山養得羽毛豐，錦綉屏開欲舞風。遍體文章誰得似，如何還要受牢籠。

## 神算

錢公伯瑜，先大父分校所得士也。開藩吾浙時，以公務乘輿出。傍晚歸署，適道遇民家迎娶，欻見一白衣鬼隱現於花轎左右。公密令僕從開執傘扇，役夫跟轎前去，俟參拜畢，回衙覆命。迨役人回禀後，次日即唤新郎至署，詢以何人選日。禀云：『係某寺算命先生。』公又問曰：『汝向來與渠有隙否？』禀云：『素不認識，故酬青蚨二百文。』公即遣役唤某至，因問以日家選吉不當，故犯凶煞。某惶恐答云：『昨日申刻，本值喪門星，小人推算再四，知是日恰好有五富星得解，月内如能有娠，定生貴子。』公私念人間藩職正與天上富星相應，即命賞銀十兩。渠云：『某自推算子平以來，此二星會值一時，實是絶無僅有。裕後嘉祥，當由天合，賞銀何敢領？』固辭而去。公知其非常人，詰旦，折柬往請，至則行矣。

花外鳴騶緩緩過，啁啾有物欲如何。始知嚇鬼無他技，衹要車前彩仗多。

## 一夢兩應

比鄰鄔上舍半帆，道光丁酉年八月中旬，夢見我宅門外泊一船，船首裝一籠，内有兩鷄，并見數人擁立兩邊。比九月十三揭曉，知式齋叔名登賢書，始悟其兆。半帆來賀，道述己夢。予因解曰：『我祖父以乾隆己酉捷秋闈，今叔復以丁酉科獲雋。西屬鷄，雙鷄應二酉也。』時查公仰山賀聯句云『二酉文章開甲第』，即此意也。泊船正在門前，則謂鄔夢之應我家也可。越二年，己亥科鄉試，鄔西席朱二酉又舉孝廉，議者謂予前解之有所偏。予復辯云：『明初臨汀張顯宗狀元及第，唱名前一夕，上夢雙絲墜地，雙絲應「顯」字，墜地則及第之應也。其迹相仿。』然後悟半帆之夢，雙鷄應二酉，鷄籠則登龍門之應也，以爲鄔夢之應朱君也亦可。要之，先應許而後應朱，巧同合璧，瑞若連環，洵是佳話。彼《酉陽雜俎》所志聞見譎怪凡三十二類，大小二酉山多藏奇書，可以不觀矣。

幾載鷄窗汲古深，如船下水是文心。阿咸同擅無雙譽，佇看聯飛到上林。

## 神相

丁酉年間，省垣來一神相，匿其姓名。一夕，步月歸寓，見有人立門外，逡巡低徊，神氣沮喪。遂招至客館，剪燈晏談，款以夕膳。飯畢，相者曰：『今觀足下面色，似欲自經，然陰騭紋隱藏眉宇，無自輕身。』渠答云：『某本候補縣丞，近因金盡，不能上轅。公館内唯母妹二人相依，借貸無門，是以不克自重。今被相師識破，不敢爲知己諱，先生何以教我？』相者云：『君近日面有黑暈，正如月被雲遮，幸官星尚透露，雲開見日，六旬内可卜飛黄。我現積相金二千文，一千贈君作旅館資斧，一千以備挂號之需，如不够用，再當竭力湊助。兩月後，榮任無疑。』渠領謝歸館，於老母前直陳顛末。母驚喜交集，謂子曰：『汝所遇者，必非常人也。世少麻衣神相，焉能知人心事？』比月朔，虔備香燭，親詣城隍廟酬謝。會遇藩憲母夫人亦因拈香在廟，見其衣裙雖樸，舉止莊雅，知非小家。緣細問籍貫姓氏，知其父某曾任方伯，絮語移時，情意頗洽。歸告其子云：『某郎亦是華胄，祇因仕路蹭蹬，幾至捐軀，盍遣使往撫院房查閲號薄，果有此人，速令補缺，勿再蹉跎。』伻來禀云：『某久不上轅，半月前又挂號矣。』弗兩月，恰好有缺出，藩憲即令補之。迨某備金帛親自往報，寺僧云：『渠已他往矣，不知去嚮。』

宦海升沉首屢搔，忍將一死等鴻毛。笑他乍聽升堂鼓，袍笏登場又自豪。

## 墨池

菩提十景，有靈泉石、品字石、美人榻、珠池等勝迹，水秀山明，曲折環抱。王氣鐘靈，秦始皇鑿山可考；名區攬勝，劉誠意游屐曾經。此由干令升捨宅爲寺，故多靈异。昔張子韶讀書之暇，嘗以硯洗於池。余自戊戌春陽屐經池畔，見夫墨浪瀠洄，如初洗硯，然守塋者告予曰：『此即張狀元讀書之處，所云墨池是也。』倘干君復生，《搜神記》可以續入矣。

洗拭雲腴一片輕，墨池千古此留名。揮毫分得無多水，應有蛟龍筆底生。

## 一笑迷人

余應戊戌歲試，試後無事，散步湧金門。欻見數百人逐隊急走，哄傳將看獄囚就刑。忽聞有乘轎者大哭，即之，乃女犯也。年約廿六七，姿容頗秀。回語同人，會遇郭店徐刺史箺珊，對余云：『見女犯哭則不妨，笑轉有忌。』余問故。曰：『余有表弟，年甫弱冠，面如傅粉何郎。昔年看犯婦出城，轎至城門口，婦諦視生，顧盼傳情，嫣然一笑。生回寓，神魂昏迷，但云某婦要勾我爲夫，比鷄鳴竟死。蓋犯婦將斬，往往痛哭流涕，若破涕爲笑，正芳魂飛越時也。瞥見少年，將斷頸而猶思作交頸鳥，一寓目而竟思效比目魚。逆知紅粉變骷髏，特迷白面郎君作夜臺夫婦也。』然觀於此，而姣好者亦危矣。

欲海茫茫未有涯，揮刀齊擁美人車。癡情我愛倉山叟，願做金鈴護落花。

# 卷　四

## 斗姥靈應

妙果山有斗姥閣，靈應頗著。嘗有少年四五人，禮斗方竣，意興轉豪，囑道士唱曲壇中，以暢余歡。始猶斂抑，後漸放浪，遂點《賣草囤》一齣。至飲酒時，倏有雄蜂數百，向少年人飛撲不已，將桌移至隔壁，蜂亦隨往，唯數老席間却不飛擾。又砍石有人方禮斗，瞥見閣外撑出一竿，衆咸驚訝，想像間，有一人悟云：『頂扛紙元寶向街中過，望見樓頂有女子收褲，定是不潔之故，須另購以易之。』言畢，竿竟滅影。要之，禮斗以誠敬爲主，使非洗心藏密，雖花溪流水不能滌其污，紫砍山泉不能濯其穢，况艷曲之亂人聽聞乎？

步上璚瑶百尺臺，仰看閶闔九天開。紫虛境界莊嚴甚，不許人心着點埃。

## 大鼠

江右有大鼠，巨若狸奴，民家每盛米一盞置室中，以備鼠糧，否則衣服器用均被嚙。倉中有一鼠，比貓更爲巨，即貓見之亦畏縮不敢前。縣令某因虔祀貓神，冀除此患。後購得獵户家一巨貓，凶如虎，置之倉中。鼠見貓，隨跳至桌間，及貓跳上，鼠又跳下，往回數十次。鼠旋伏地仰視，貓蹲踞几上視下，倏忽猛力一躍，騎在鼠背，肆其爪牙，大鼠遂斃。當其嘐嘐嗷嗷，四顧無忌，既不同黠歎東坡，覆橐則墮地而走；又不同水浮南壟，食飯則捧珠以償。有此狸奴，雙眸明如銅鏡，四爪利若鐵槍，彼西江大鼠對此白玉狻猊，縱使同襄邑鼠之冠幘絳衣，管教立時顛蹶矣。武原吾篔山表叔，曾任江西新建令，爲余嘗歷歷言之。

晝伏宵行肆倔强，狸奴聘得息跳梁。喧傳怪物君知否，當道而今有虎狼。

## 火石陣試蠅

由拳諸生張某，熟於奇門，曾以火石八塊排休、生、傷、杜、景、死、驚、開八門以象卦。手捉青蠅，取錫塗其兩翼，使不能飛。若從生門放入，故紙可鑽，恍類營營止樊之狀。若入死門，便交足不能動。然張之術固未精，一夕試遁入夾墻内，身不能出，大聲呼救。主人因雇人毁墻，始得出。禾郡陳明經説。

蟲飛遮莫任薨薨，術數何勞意氣矜。不是屬垣猶有耳，險教吊客作青蠅。

## 神燈

己亥冬，嘉興何生園妹婿嘗言：一夕酣睡至三更始醒，忽聞千軍萬馬之聲不絶，因披衣起坐，推窗遥望，見杉青閘外有無數燈光，自北而南漸次滅影，陰氣凛凛，頗覺可畏。次晨，以所見詢諸同人，咸曰：『此神燈也。』

香火三生證夙因，舉頭是處有明神。此時若鼓清游興，秉燭何須數古人。

## 异獸吐錢

吾鄉洋塘橋金蓉塘，己亥冬季一日見梁間有黑獸，從口中吐出錢一百零八文，擲地金聲，丁零不絶。從地上拾起，果是青蚨，諦視之，有口銜濕痕。又一夕，復吐錢，其韵彌長。有婢見之，驚喊而去。拾起檢點，乃一千零八十文。此家係余友静庵同族，静安乃問兆於余。余曰：『吐錢於金宅兩次，頓加十倍，此乃子母金錢也。始吐一百零八個，正合一年風雨之數。』遂决之曰：『三十六雨七十二風，一百零八數與錢同。虔心默禱，生生不窮。若被喊破，難卜命終。』次年，渠父子二人果卒。友以余言爲不欺也。

鏗然擲地悉金聲，汝果通財亦有情。數遍牟尼珠幾粒，儻疑羅漢是前生。

## 雷擊女子

武原南門外村人某，有四女，俱未嫁。家蓄一老僕，極誠慤，事主三十年，不少懈。適抱病卧床，沉綿不起。主人憐之，令四女日日市果餌與酒服事之。内一女頗不韙父言，因以毒藥入酒中，將酖之，事未成而已被雷殛。先是姊妹同步門外，天不過微雨數星，倏而不見一人，尋至田間，其女兩手如灼，酒瓶粉碎，口尚能言。母詢其故，據云：『日日拋頭露面，服事傭僕，心實不甘，因藏毒於酒。女兒在路，眼前衹見一道白光，手中已痛苦萬分矣。雖悔莫追。』越三日竟死。

去年十月初八黎明，包家山戴屠從天仙府塘上來，有人立桥邊望去，但見一道紅光着身，已被雷擊死。肩上一眼，細如綫香。究不知以何事遭譴，想天必隱誅其心也。不然，造物至公矣，二人相去衹數丈，何獨擊戴屠哉？豈大化块圠終不可測耶？

姊妹花中笑語頻，誰將火坑陷餘身。纖纖莫愛柔荑手，也有剛腸要殺人。

## 喪鶴記

己丑三月，白門金孝廉自海州籠二鶴遠貽，在路約五月之久。甫至時，觀者雲集。恐其高飛，以綫纏翼，月餘始馴擾。始也如霜鶻出籠，山鷄舞鏡，莫窮其形；既也如比翼之鶼，交頸之鴛，莫盡其態。逾年尤依依戀人，如不忍去。縞衣蹁躚，丹頂絢爛，頡頏上下，舞態臨風。古人所謂『翻然斂翼，矯然復擊』，其即此狀也乎？

先是二鶴來時，其小者誤食熟蠶，以絲哽殪，見者無不歎息。猶幸失小存大，屢見浴池於夏，警露於秋，拳足獨立，仿佛畫圖，至今歷十二年，未嘗以身偎地。余以爲清挺拔俗，此鶴之壽徵也。不料今年二月初六夜，忽來惡獸，斷其尾，齧其肉，比曉視之，鮮血淋漓，目不忍睹。余悲其狀，因憶先大父作《來鶴記》并題詩付諸梓人，一時學士名流咸傳爲韵事。燕子尚識主人，況仙子乎？己丑來而辛丑喪，正一星終矣。謹依原韵得詩一首，以志感慨。詩曰：

昔年仙子海上來，春風正值桃花開。縞衣翩翩逐紅雨，飄鸞泊鳳非凡材。
始憐仙禽遭羅網，筊下瞻顧尚徘徊。獨立常仿畫圖樣，飲喙低昂在水隈。
《易》《詩》曾比賢人士，嘹唳清幽徹九垓。何處梟獸傷吾鶴，風景已煞煮同猜。
人興嗟兮仙樂跨，精靈縹緲到蓬萊。

撫今思昔，能不悲耶？雖然鶴之爲物，清遠閑放，超然於塵埃之外，恒難久憩於園亭，故孤山之畔，兩垞之旁，其地并存，其禽均渺，豈獨余家也哉？

繞徑晴梳白雪翎，昂頭玉立自亭亭。梅花此後誰看守，忍識陶家《瘗鶴銘》。

## 地陷

蕭山城外有孔家阜，居其地者，凡十八家，均作脚班，以肩貨爲業，心多凶惡。鄰有一童買魚三斤，每斤價值三十文，童以錢九十易之，携魚歸。有老母覆秤之，計重五斤，不覺愕然，問曰：『何斤兩之不符耶？』童云：『係借鄰人秤故也。』嫗怫然曰：『鄰人作爲，幾滅天理，汝勿效尤。今已薄暮，恐往返不及，明日須償以錢六十，不可忘。』童曰唯唯。次日尋至原處，魚係得諸漁舟，見童子復償以錢，欣然曰：『不料孔家阜還有汝等好人，今有密言囑汝：我輩雖業捕魚，然仰觀天象每不爽。近有黑雲罩住爾莊已半月矣，恐非吉兆。汝不没天良，故不敢秘。汝宜速遷爲是，不可漏泄風聲，以干天譴。』童如其言以告母，母遂移家他所。至次宵，風雷陡發，一村盡陷於水。里保禀官，以索度之，深約數十丈。一夜之頃，瓦解冰消，十八家化爲烏有矣。

黄巢兵變而柳橋十八家獨存，蕭山地沉而孔氏十八家竟滅。時越千餘年，地隔數百里，其數相同，其生死乃异者，惟以一點良心挽回耳。若云趨吉避凶，則機謀見識，孔氏定不乏人，何以未醒黑甜，竟沉白水？嗟乎！十八家同占滅頂，比登瀛十八士已判仙凡，任封家十八姨肆其鼓蕩，而獨讓龍鍾老媪伶仃幼童爲漏網之魚，作遷喬之鳥，豈無故哉？從知天人之判，生死關焉。屋漏中具有神明，可不慎歟？

罹盡奇殃悔已遲，貫盈罪積復何辭。黑瞞天地終無益，爲有雲消日出時。

## 大雪奇事

辛丑十一月朔日，北風撲面，雪花大飛，至四晝夜始霽，靈鴛瓦積雪高至一丈。後知杭城有民人抱衾同夢，夜分棟折，外床因椽木架空，竟壓死其婦而活其夫。又有住於山者，無處引火，致餓死。即花溪龍山西，有老嫗握粟出卜，至晚不見回家。比初五，黄襖照臨，見晛雪消，知老婦早凍死雪中矣。婦係鄰婢之母，予故得知其詳。

玉龍鏖戰久興師，悶守圍爐冷不支。却悔當年好風景，未乘驢背去尋詩。

## 大蜘蛛

武原陳竹橋，任板浦鹾尹，嘗言海州雲臺山有蜘蛛精，常變作老諸生，托姓朱，坐論道學，并不迷人，一時咸稱爲朱先生。嘉慶九年中秋夕，有客登山望月，見古樹旁懸一大蜘蛛，不可以尺寸計，腹蘊明珠，與月相肖。忽天半有烏龍欲吞此珠，風雲頓起，兩相格鬥，龍竟爲蛛絲縛住。幸外有火龍凌空相救，燒斷網絲，烏龍始脱。否則形同八卦陣，震龍自不難籠罩也。次日天晴，游人拾去斷絲，圓可徑寸，雖并州快剪刀亦不能斷。壬寅午月，張淑亭姑丈爲予言之。

何曾腹笥定便便，慣把空中綫索牽。汝是寄人檐下者，也從伊洛證心傳。

## 日食

壬寅六月朔晡時，日食九分有餘。余與漱亭姑丈叙話書齋，甫交申牌，覺室内黑暗如漆。時姑丈引火燒燭，光景已若黄昏，隨同至庭中仰觀，但見衆鳥疾飛，星辰俱現，日影如舊銅鏡一面，閃爍不停，有似以布揩抹之狀。自後明生一綫，漸如眉月，漸似弓弦，申正復圓，光芒已滅。余因口占一絶云：『昂頭頓覺影模糊，磨鏡形容極意摹。不料鷄棲塒櫟候，先教日裏匿金烏。』

灾祥理數不分明，潑墨彌天意欲驚。駒隙光陰容易過，願從暗室立脩名。

## 臨縊題詩

壬寅十一月，余應科試赴省。廿八夜，喧傳有一男子自經西湖地藏王殿前。里正稟官相驗成殮，出示告條一張，寫明此人年約三旬，身穿元色夾衫，三藍綢絮褌，頭戴舊紅纓帽，脚穿蝴蝶頭黑布鞋，腰内挂一瓶袋，袋有紙條，書詩一絶云：『蒼茫雲樹夕陽低，步履慌忙路轉迷。十里湖隄明月上，夢魂夜夜六橋西。』比嘉平十六黎明，余以試事竣，謁學使者儀門外，先有仁和兩生在焉，互相議論云：『詩筆如此流動，藏之於袋，真佳句可入錦囊也。然捐軀時尚能磨墨揮毫，氣度從容可不言而喻矣。惜不能生遇此人，以結吟社之侶也。悲夫！』

書劍飄零了一生，湖山埋骨不埋名。梅花樹底林和靖，此去吟魂好結盟。

## 狐仙知預兆

閩南陽太守惠元，當公車北上時，按站投宿旅館，見屋宇精潔，頗愜於心。因問店主人踪迹。據云：『昨日有人稟報，知楊大老爺今日賁臨，特先掃榻以待。』嗣後在京都館中，危坐燈前，忽聞環佩響處，馨風襲人。瞥見一女郎至，明眸皓齒，媚骨纖腰，真絶世麗姝也。對楊曰：『妾與君有夙緣，昔風塵中每爲前導，早已神馳左右矣。若不以非類見疑，願薦枕席。』楊欣諾。忽來忽去，唯楊君見之，旁人不之知也。母夫人聞而异之，嘗云願得一見爲快。未幾，忽有女郎進來，婀娜娉婷，飄飄若仙，轉瞬間倏又不見，始悟是狐女現形也。楊自翔步木天以後，與狐仙情若伉儷。所言休咎無不應，故無不信。一日謂楊曰：『君已作鳳池貴客，可不再問科名，但遇考試，忌用三點水，切勿視妾言爲妄。』比大考翰詹，賦題係《澄海樓》。楊意謂狐言不可盡信，題目既係『澄海』，水字旁豈能删去乎？因思明宋學士濂奉旨撰《閲江樓記》所引『臨春、結綺，非不華；齊雲、落星，非不高。』何兼寫『江漢朝宗，波濤浩蕩』，以及『發源入海，白湧碧翻』數語乎？我欲寫樓臺倒影之奇，若『汪洋浩瀚』等字，今日盡用之可也。孰知此次要用禁體，方能前列。楊違式，降置四等，散爲部屬。後出守山東泰安郡，則『大老爺』之稱，狐已逆料於數十載前也。狐自楊君不從其言，怏怏而去。後因病勢垂危，參苓罔效，夢見狐女復來，遍體捫搎乃愈。雖私憾未平，前緣莫續，然於楊君黑甜鄉中纖手拊摩，以代良醫之折肱，狐亦可謂情意纏綿不忘舊好矣。此事係張梧雨孝廉前在太守幕中聞楊自述原委如此，張又轉述於錢子密妹婿，渠因余搜羅异聞，復爲余詳言之。

大好燈紅酒緑時，風鬟霧鬢睹風姿。爲雲爲雨無憑準，抵得陳思一卷辭。

## 神提火藥局

杭城人多嚴防火灾，而於火藥局一埭尤謹密。不意癸卯三月十一侵晨，人忽聞雷聲震耳，霹靂交加，昂頭仰視，但見空中一片黑雲，舒卷如飛。比雷停風絶，數百箱火藥并局一齊提去。予族兄自省中回親，至其地，細訪情形，見片瓦不存，因爲予述之。

寇氛當日逼南東，聽説王師議火攻。天意似防焚玉石，攫拏妙手試空空。

## 設醮驅狐

癸卯春季，諸橋鎮來一狐怪，裕成典中時聞抛磚聲，又門窗忽有聲如雷。一日，斜陽西下，適值臨近新婚。人見一少女，穿荷花色衫，二藍裙，弓鞋約三寸許，眉展春山，神傳秋水，唇紅面白，媚態娉婷，向新房直入。新婦疑爲近鄰女郎，鄰亦疑是新婦親戚，兩相疑，不復問其姓氏。會有婢遇此女子於轉廊，見其霎時滅影，乃知是狐。已而典中屢聞嘈雜之聲，遂延羽士設醮三日，仗劍步罡，畫符誦咒，空中砰磕之聲乃歇。此夜，月光下見庭中有一物，狀如黑犬，跳上高檐，逾垣而去。怪自此絶。馬玉山自諸橋回，述其事甚詳。

知是仙娥下九霄，書生魂小不禁銷。現身倘有如花貌，却怕春情又動摇。

## 河間怨報

去春，河間有縣令某，訊訟時欻見一女鬼入署。年可十七八，鳩形黧面，披髮吐舌，兩手有拿攫之狀。令甚怖，始以印鎮之，不退。遂自述因果云：『我前世係養媳，緣夫不睦，誣以不端，遂被逐。子前世即蒞此任，不查其冤，竟信一面之詞，斷還娘家。此嘉慶年間事，若不信，取閱舊卷便知，七日當復來。』鬼退後，次日令私閱案卷，果符。越數日，鬼如期而至署，對令云：『子查過否？』令曰：『雖有此案，但前世茫茫，待本縣設壇超度，再請旌獎，改轉黑案，以慰幽魂何如？』鬼曰：『我被子污辱清名已數十年矣，合縣共知。今雖改轉鐵案，究同破壁不全。如此斷事，我邑安用此糊塗官爲？若再貪戀仕途，竟把官場作兒戲矣！我定要索命！』令遂仰天歎曰：『余係少年科甲，芸窗苦志，始得功名。私喜潘鬢未凋，陶腰暫折，不料被前世怨鬼纏擾。』因備詳文，禀請改教。文中有『奉勸諸公：凡爲邑宰，至有關風花案件，尤須精明清正，不可疏忽，願以僕作前車之鑒』云云。此文乃朱生白茂才去年游幕山東曾經抄閱，因爲余備述所見。

再世含冤志未灰，何曾明鏡照高臺。河陽種得花如錦，恐有香魂入幕來。

## 替鬼傳信

袁花之南黃灣戴硯香茂才，比鄰有老叟，向以跟官在外路過衆興，有四川舉人某，同宿飯店。夜分，忽聞隔房少年大喊有鬼，即遣僕過問。據云：『余將解衣，紅燈下欻見一黑衣女子至前，但云：「我有一信，懇老爺便帶至京。」言畢，奄然滅迹。余心甚怖，故不覺失聲。今夜望汝伴我一宵，明朝決計返鄉，今科不願會試矣。』奚禀某官，官爲奚云：『汝須導以甘言，勸渠壯膽應承，詰其信存何處，庶幾兩全其美，不致錯過光陰，否則渠能往鬼亦能往，恐致兩誤。』奚轉述主人言，某舉頷之而已。鬼在窗外應曰：『不差，不差。』某此夜以被蒙首，睡至鷄唱候，鬼又立在床前，語言如故。某問信在何處，鬼云：『在陰平旅館所扃空房箱中，至京切勿忘記，佇候覆音。』某曰唯唯。比覓至旅店内，啓鎖開箱，果有血書一封。至京將信投遞，某接信一閱，面色發赬，嘔血數聲殞命。予去秋應鄉試，硯香囑余筆志之。

西風瑟瑟旅燈寒，訴盡愁腸泪未乾。不識書中是何語，令人終古蓄疑團。

## 刀壙

硯香又謂予曰：去春，彼處有荒墓，歲久土鬆。曾有薙草鄉童撥塚窺看，露出刀尖寸許，撥之則動，拔之則不能出，回至家猝病暴亡。次日復有一童去拔，復病死。

或曰此墳係前明衆寇埋骨之所，陰雨夕，每聞鬼魅䰭䰭不止。從此，墳内之刀無不隱避其鋒矣。

一寸山河百戰忙，空餘白骨葬沙場。遥知風雨凄迷夜，定有骷髏泣异鄉。

## 籤卜鼎甲

西湖猗園有月下老人祠，城中人有姻事輒詣卜，間問科名，亦奇驗。甲辰春，舉子會試，有本城士人總祈四籤，統集四書。第一：『善摶虎』；第二：『必因其材而篤焉』；第三：『大夫受地視伯』。此三籤卜姓名。末籤『踰東家墻而摟其處子』，卜鼎甲，泥金捷報以前，一人强爲解説：『摶虎者，馮婦也。然神明每以隱語示人，詳籤須進一層着想。蓋馮係晋人，晋爲唐叔之後，分國則有梁魏。至第二籤「因材」句，「材」加一捺是「林」字。第三籤「大夫」句，或者唐、梁、魏三姓中，必有翰林官職，做到大夫，也未可知。至末籤卜鼎甲係「踰東家墻」二句，因思宋玉東墻暗藏春色，唐詩顧况云「美人二八顔如花」，「摟其處子」，定貼探花。』天中節邊，果報探花及第。問其姓名，乃是馮小亭培元。然後知『搏虎』切馮姓，『因材』句下有『培』字在內，『大夫』句下有『元』字在內，籤經一一不爽，其靈應若此。去年，三場畢後，閑步平湖秋月，遇杭城諸生爲余言之。

我有因緣仗玉成，今生不願願他生。探花倘得真消息，祇問婚姻莫問名。

## 詩酒豪情

錢塘陸茂才次山，名璣，豪士也。有詩酒癖性，落拓不羈，人雖肅容出迎，陸從未易服見。前烏中丞敬齋，擬修平湖秋月，欲叙一長聯，知次山久噪詩名，折柬招飲。時炎暑，中丞盛服待晤，次山頭戴笠，身着葛衫，足拽芒鞋，彳亍而來。奚奴一見情形，愕然禀云：『大人盛服佇候，陸老爺何以不正衣冠如此？』陸答曰：『我們要慣的，一向不拘行迹，你豈不聞我大名？』一直進署，絶無拘束形狀。烏見陸，不覺驚訝問曰：『陸先生何以這般模樣？』答曰：『大人何以這般禮貌？』烏云：『久契先生有熏香摘艷之才，現因平湖秋月舊迹更新，弟欲鐫一副長對，因草稿未定，尚未開雕，故煩先生捉刀，勿吝珠玉是幸。』陸曰：『祇需佳釀一壺，倚馬可待。』烏喚童携壺至前，連罄三觥，磨墨濡毫，一揮而就。上聯：『勝地重新，在紅藕花中緑楊陰裏。』下聯：『清游自昔，看長天一色朗月當空。』烏贊曰：『如此靈敏，名不虛傳，未識還要斟酌否？』陸曰：『句如璧合珠聯，無庸潤色。』烏此夕以盛筵相款，并酬白金百兩爲先生壽。陸曰：『古人一字一縑，價果至昂，特生員素恚阿堵物，安用此厚貺乎？』烏固奉，陸固却曰：『生承大人賜，祇香醪百斛足矣。』贈以酒謝之，遂受。即金沙港名藍前有僧人請陸繪山水於壁間，高約數丈，并題七絶二首，亦僅謝酒一罈而已。余去年泛棹往觀，猶記得第一首云：『一甌逸氣向空噴，化作西湖壁上雲。袖裏烟霞亂飛處，千秋抹煞李將軍。』其次云：『自從造化拜吾師，泣鬼驚神筆一枝。寄語山靈勤護惜，不逢奇士莫題詩。』詩筆如此之豪，酒興之豪可不言而喻。想次山胸有奇才，不能大展鵬程以抒抱負，灝氣流行，積而必發。我觀古來名流不得志於時，每托諸詩魔酒債以寫豪情，陸君脱灑如此，殆亦與古爲徒耶。

酒市詩壇浪得名，幾曾恣肆有才情。官家不見當今士，錯道機雲是再生。

## 調白

甲辰年間，白衣庵來流丐數十人，暫假游息，少頃即去。僧疑其踪迹詭异，因入卧室，啓箱檢點，所有衣物悉被取去。又舊倉市樓有老婦，見一黑人，隱隱在旁。婦坐於箱，以察其變，良久聲絶。啓視，僅一紙人，約五寸許，焚之有血，此調白之幻術也。

但將赤手試神通，假托流民泣路窮。不是琴堂人憒憒，誰教脱兔走西東。

## 寶劍驅祟

朱生白茂才，去年客山左某縣署。縣令方某，桐城人。據云：方公之祖曾任邊將，前在軍中，秉燭危坐，欻見梁上有和尚頭一個，垂垂下墜，去案僅尺許。公厲色拔劍叱云：『何處妖魔？膽敢在本帥前現形作祟！』言未畢，頭漸縮，倏已不見。可知細柳營中，紅綃抹額，足壯軍容。兼之刀劍如霜，諸凡鬼祟，無不隱避鋒芒也。

十萬貔貅氣自豪，如何粱木竟升猱。本來禿賊都無賴，恨不將軍一奏刀。

## 雷神鳥迹

乙巳二月十九二更時分，迅雷陡作，卧床震動。二十日，余赴武原，詣西門外沈宅，訪丹卿僚壻。據云：前日之夜，雷神現迹，即在敝舍後樓。先是闔宅喉中疼痛，有弟更劇，飲食幾不能咽。丹卿睡在隔房，門窗俱扃閉，忽聞弟房有帚墜地聲，起燭之。見橱門銅拳帶結已解，劈去板一條，闊約寸許，布帶仍無燋痕。橱中有銅面盆四個，均打出一洞；錫筌數事，亦有細孔。其燃傷處，約略有鳥迹痕。余觀時，燒痕尚存。自雷震後，渠弟喉痛忽愈。親串中有張雲舫茂才，謂予云：『渠家四十年前，屋脊上有巨蛇一，長約數丈，今殆欲吸童男之精，毒氣上升，以致喉痛。迅雷後，痛頓霍然，妖定隱被雷誅矣。今年紫卿入都，不久定有好音。』比泥金報到，果捷南宮。丹卿應科試，復列前茅。渠弟晳卿，亦高擷芹香。覺八咏樓頭，齊飛三鳳，天殆以雷神鳥迹以示其朕兆歟？

文章精鋭走雷霆，耳熟東陽姓氏馨。愧我未叨燒尾宴，妬他千佛有名經。

## 大繭

今夏，洋塘橋金宅有母女養蠶，上箔後，倏見山棚上結一巨繭，大如鵝卵。比諸彌羅國之金蠶，長四寸，其色金，其絲碧，謂之金蠶絲。又靈泉池之五色繭，蠶可五六寸，繭形如斗，真不相上下。其女以爲异，剪破窺看，中僅一小蛹，蠕蠕而動，意謂不祥，遂投於河。未半年，其母果棄世。

養得紅蠶百倍忙，更無情緒理殘妝。可憐小女嬌癡甚，戲把同功問阿娘。

## 獻城得古碗

余閱夢橡伯祖《瓜廬記异》知：乾隆己亥六月廿一日，海鹽東門外潮退，現城一座，高四五尺。或云向時有鄧州城陷於海，今即其址。或得古錢大如磁碗；又有古鏡，背有蝌蚪篆文；又得古磚，多漢唐年號。今春，其址復現，有拾大碗二，古董家見之曰：『此哥窑也。大暑時，煮肉置中，經宿味不變。』今秋，澉浦方子蘭茂才曾言其异。豈徒同蜃樓海市，五色迷離，回頭化爲烏有，空懸諸想像間耶？

不分蜃市與鮫宫，樓閣迷離隱現中。中有神山人未到，我來幾度引回風。

## 大力奇獸

武原陸建堂茂才，渠叔爲乍浦弁員，據云：今年有估舶船達外洋，舳尾忽竪，艫頭忽沉，艄愈昂而頭愈低。舵師驚訝，客盡失色，榜人走至船頭四顧，瞥見髮繩上有一异獸，赤髮猴臉，長四尺許，雖禹鼎象奸，窮形盡相，亦難識其名也。夫海舶固大越尋常，自此獸附纜後，船身載浮載沉，其力奚翅千鈞，豈巨靈贔屓所能擬其作力之狀耶？因解維擲諸海，舳艫遂平。觀於此，而蝸角有國，蚊力負山，可類推矣。彼竹林閑話，曾述此奇聞。陸張乃外舅家西賓也，外弟芝庭聞其事，述之甚詳。

詭譎文章海外搜，筆端應令鬼神愁。如何怪怪奇奇相，恰與琴書共一舟。

# 芳魂再世

海鹽任硯雲明府，有族人遷居南門外，世習農，家不多口，姑及子婦三人而已。翁去世歷四五年，室頗靖，初不爲祟。今夏，老媪忽病狂，對子言曰：『吾即是汝父，蒙城隍司嘉吾半生忠直，寵列長隨。但山門内所塑之像係關某，本身面白無鬚，向跟前任周老爺，現升陝西某縣城隍，渠已跟往。吾跟新任黄老爺，費銀八千買其缺。須速備楮鏹前往，急雇裝佛匠改换模樣，令頰上添毫，斯母病庶可無虞。』子遲延不果。未幾，其妻午夜忽得暴疾，甚殆。始入廟跪求，默許了願，母病漸減。忽又作父語曰：『媳婦恐不永年，因十四歲看包老爺會時魂被疫鬼攝去，彼時雖升屋而號，適有鄰傭王某悼亡，借魂引合體魄。今緣分已滿，行將别處輪回。媳婦原魂已投福建陳宦爲女矣。幸陳女幼殤，吾特求老爺移牒到閩招來，以便瓜代。』越數日，其媳忽訝云：『我乃平湖陳家人小姐，何以至此？』因具述其前父宦游閩省，甫八齡，以病亡，精魂不散，漂泊無依，故被城隍司隸勾引到此。身不自主，撫今思昔，頓棄膏粱而食糟糠，出綉閣而來蓬户，蕭條境況，其何以堪？面目雖真，而姑及夫婿轉不認識。家人猶疑病後譫妄。迨病起，見梁上有硯雲進士報紙，即朗朗誦云：『貴府大老爺任。』蓋任婦幼不識之無二字，亦不識一丁，觀此則陳小姐之轉世無疑。漱亭姑丈曾聞諸廟祝，固未深信。比入廟，適遇其夫，詰之，一一相符。復爲余言此。任氏有此奇事，不必任昉再生，而《述异記》一種宛在目前矣。

返魂覓得十洲香，李代桃僵事渺茫。蓬户朱門渾不辨，路人從此是蕭郎。

## 已出版

## 即將出版

在野邇言　〔清〕王嘉楨　撰　薰蕕并載　〔清〕王　枲　撰

松蔭庵漫録　〔民國〕尊聞閣主　輯

陰　陽　鏡　〔清〕湯承莫　輯

酒顛　茶董　〔明〕夏樹芳　輯　〔明〕陳繼儒　補

异談可信録　〔清〕鄧　晅　輯

雪窗譚异　〔明〕何　璧　輯